壮族作家作品系列

我们人书

一团金子
Yituan Jinzi

李约热·小说集

广西民族出版社
Gvangjsih Minzcuz Cuzbanjse

图书在版编目（CIP）数据

一团金子/李约热著. —南宁：广西民族出版社，2019.10（2023.5重印）

（我们丛书. 壮族作家作品系列）

ISBN 978-7-5363-7316-7

Ⅰ.①—… Ⅱ.①李… Ⅲ.①中篇小说-小说集-中国-当代 Ⅳ.①I247.5

中国版本图书馆CIP数据核字（2019）第216648号

我们丛书·壮族作家作品系列
一团金子

著　　者：李约热
出版策划：石朝雄
责任编辑：黄　丹
装帧设计：张文昕
责任印制：梁海彪　张东杰
出版发行：广西民族出版社
　　　　　地址：广西南宁市青秀区桂春路3号　邮编：530028
　　　　　电话：0771-5523216　　　传真：0771-5523225
　　　　　电子邮箱：bws@gxmzbook.com
印　　刷：三河市嵩川印刷有限公司
规　　格：787毫米×1092毫米　1/32
印　　张：5.875
字　　数：117千字
版　　次：2019年10月第1版
印　　次：2023年5月第2次印刷
书　　号：ISBN 978-7-5363-7316-7
定　　价：49.00元

※　版权所有·侵权必究　※

总　序

黄凤显

壮族是世居珠江流域的少数民族，现今人口1700多万，是我国人口最多的少数民族。壮族历史悠久，曾经创造了灿烂的文化，是中华民族文明的重要组成部分。这个在祖国南方世代生息繁衍的民族，与中华民族的其他成员一样，在千百年的历史进程中，创作了大量内容丰富、形式多样、特色鲜明的文学佳作。

提到壮族文学，首先让人想到的是其民间文学。壮族的神话传说、民间故事、山歌、壮剧、师公戏等，皆广为人知。

而壮族山歌尤为著名，三月三歌节、壮乡歌圩被誉为壮族山歌的荟萃和渊薮。不过，相对于民间文学，壮族的作家文学，人们对它的了解和关注还很不够。

作家文学的产生是与文字的产生联系在一起的。壮族在先秦时就已经有自己的文字。2006年前后，在广西平果县发现的感桑石刻文，以及在壮族地区先后出土的石器、陶器、青铜器上的刻文、铭文等，就是壮族的早期文字。这些产生于先秦时期的壮族古文字，经秦王朝统一文字或秦火之后，汉代以降已再难延续。现今发现的感桑石刻文等，由于缺乏文献佐证，已较难破译。但是，感桑石刻文中有不少片段在100字左右，已比我们常见的甲骨卜辞字数多，其较大的石片刻有200多个字符，据称还有一片达到2200字，这都赶上甚至超过了西周青铜器铭文的字数（西周青铜器铭文中最长的一篇《毛公鼎铭文》近500字）。这么多的字数和这样的篇幅，无疑已是篇章成文。尽管它尚未被破译，且可能是用于祭祀或属于实用文书，但其连缀成篇，中无间断，亦不难想见其架构气魄和辞章文采。所以，感桑石刻这些作者和内容待考的文字，堪称现今发现的最早的壮族文人作品。

壮族创造的第二种文字是方块壮字，亦称古壮字，也叫土俗字，萌芽于汉代，产生于唐代，是由壮族一些受汉文化教育的文人（也包括巫师）借助汉字或汉字的偏旁部首创造的。古壮字直到现在仍在壮族民间使用。1989年出版的《古壮字字典》收录了大约4900个字和大约1万个异体字。使用古壮字进行创作，滥觞于唐代俚僚人酋长、澄州（今广西上林县）大首领、廖州刺史韦敬办。由他撰写碑文的《六合坚固大宅颂》碑和《智城碑》，是岭南地区最早的唐碑，其骈赋体碑文富于文学色彩，其中《六合坚固大宅颂》则使用了古壮字创作。自唐代以后，古壮字多为民间麽公、民间戏人和山歌歌师所用，他们用古壮字书写的原始宗教经文、壮剧剧本和山歌唱本既有对口头传唱作品的记录，也有自己的书面创作。

在20世纪50年代拼音壮文出现以前，壮族作家、诗人主要是学习和使用汉文进行创作。目前，存世的这类壮族文人作品多为清代时所作，作者大多是中举、中进士者，其汉文水平足可与汉族文人比肩。这些文人在世时基本上都编有文集或诗稿，20世纪90年代以来，经广西少数民族古籍工作办公室组织力量进行整理，广西人民出版社、广西民族出版社、广西教育出版社等先后出版了多位作家的诗文集，如黎申产《菜根草堂吟稿》、蒙泉镜《亦嚣轩诗稿》、韦绣孟《茹芝山房吟草》、崔毓荃《薰生诗草》、郑献甫《郑献甫文集》、韦丰华《韦丰华集》、曾鸿燊《瓶山诗集》等，而其他壮族著名文人的集子，如张鹏展、冯敏昌、刘定遒等还有待于整理出版。这批诗文集可以说是第一批整理出版的古代壮族作家作品集。

近现代以来，运用汉文创作的壮族作家队伍越来越壮大，其题材内容越来越丰富，创作的体裁也越来越多样，涉及了众多的文学样式。新中国成立前，以曾平澜、陆地、华山等为代表的壮族作家就已蜚声文坛。新中国成立后，壮族作家更是群星璀璨。韦其麟、周民震、黄勇刹、蓝鸿恩、莎红、黄青、王云高、苏方学、韦一凡、凌渡、黄钲、潘荣才、孙步康、农冠品、苏长仙、陈雨帆、农耘等，都是人们所熟知的壮族作家。这些作家的作品都曾先后以单部作品或结集的形式出版，在海内外产生了重要的影响。

2013年，在中国作家协会的精心策划、组织下，55卷60册的《新时期中国少数民族文学作品选集》由作家出版社出版。这部卷帙浩繁的选集收有冯艺主编的《壮族卷》上、下册，收录了数十位壮族作家的作品，上册为中短篇小说集，下册为诗歌、散文集。上册文末附录长篇小说存目，下册卷后附录长诗、长篇报告文学存目。这是迄今为止编辑出版的唯一的多位作家、多种文体荟萃的壮族作家作品选集。

2018年是改革开放40周年，恰逢广西壮族自治区成立60周年，今年又正值新中国成立70周年大庆，这是展示、回顾、总结和检阅壮族作家创作，尤其是新时期以来壮族文学成就的良好契机。广西民族出版社出于自身的出版定位和社会责任，组织力量、自主投入，编辑出版这套"我们丛书·壮族作家作品系列"。

这套丛书共11册，收录了11位壮族作家的小说、散文和诗歌作品。入选的这11位中青年作家，都是新时期在文坛上活跃的壮族文学创作翘楚。丛书为每位作家单独编辑了作品选集，小说类有凡一平《合唱团》、李约热《一团金子》、陶丽群《被热情毁掉的人》，散文类有冯艺《除了山水 还有什么》、牙韩彰《屈指家山》、石一宁《履痕心绪》、黄佩华《生在平用》、黄鹏《家园气象》，诗歌类有荣斌《尘土之河》、梁洪《一个饺子的距离》、三个A《魔术师》。看这份名单和书单，不难发现两个特点：一是作家的选集属于"本色行当",如以创作小说、散文、诗歌著称的作家仍选其小说、散文、诗歌作品,像小说作家凡一平、李约热、陶丽群选的是小说,散文作家冯艺、牙韩彰选的是散文,诗人荣斌、梁洪选的是诗歌。二是作家的选集似乎有所"跨界",如在小说创作上实力雄厚的黄佩华,选的却是散文,著名文学评论家石一宁和诗人黄鹏,选的也是散文。这种看似"跨界"的努力,实则是跨越,代表了他们在文学创作领域的新开拓。如黄佩华,近年在潜心于小说写作、不断推出新作之余,陆续发表了一系列抒写壮族和壮乡的散文佳作,颇受读者喜爱;石一宁在对当代创作进行较全面系统的点评的同时,用散文笔调记下自己的履痕心绪和寄情哲思;平素写诗的黄鹏,其散文作品则灌注了浓郁的诗情画意。

丛书作品的选取,既考虑到作家的代表作,也充分考虑到作家的成长历程,让读者从中了解到作家创作渐入佳境及其风格形成的经过,尤其是认识和理解一个壮族作家是如何扎根于壮族文化沃土,参照壮语(母语)的表达方式,运用汉语进行文学创作的艰辛探索之路。因此,阅读这些作品,我们可以看出:凡一平小说那壮族式的机智、幽默及其传奇性是如何形成的,冯艺散文那种文化底蕴和人文关怀是如何集聚的,李约热小说的那种怪诞和黑色幽默是怎么炼成的,陶丽群是什么时候开始关注边陲小镇的小人物及其人性的扭曲与张扬的,荣斌的诗歌是如何贴近时代语境、抒写当代人真实灵魂的,牙韩彰是如何从惯常的写实手法转换为一种游刃有余的抒情的,三个 A 是怎么从一个年轻的壮族小伙子成为诗坛新锐的,等等,不一而足。还是回到编辑这套丛书的初衷,那就是对当下壮族文学创作和壮族作家的成长进行展示、回顾和检阅。

既如此,丛书所选的作品就并非全是作家们的新作、近作。有些作品需要置于其创作和发表时的时代语境下解读。正如凡一平在《合唱团》后记中说的:"这部集子其实是那个年代青年彷徨、思索和奋斗的记录。这些作品所体现的对社会的认识、对生活的体悟、对人生的思考,甚至文本和话语等,自然就带上了那个年代的印记。"这应该作为阅读这套丛书作品的一个基本思路。

在选编这套丛书的过程中,出版社编辑和作者进行了多方沟通和协商。对于入选作品,编辑只对明显的舛误订正,原则上不做另外的加工修改,以尽可能保留作品的原貌。不过,编辑壮族作家作品系列丛书,对广西民族出版社来说是一个新的尝试,疏漏或缺点在所难免。我们在衷心祝愿壮族作家不断取得更加丰硕的创作成果的同时,也诚恳希望作家和读者给我们多提出宝贵的意见,使我们的编辑出版工作得到改进和提高。

2019 年 10 月

李约热·小说集

目 录

龟龄老人邱一声 ……………1
一团金子 ………………48
巡逻记 ……………… 86
涂满油漆的村庄 …………131

龟龄老人邱一声

邱一声是我们野马镇年纪最长的老人，70岁的时候，他的儿子阿牛跌河死了，从那时起他开始失忆。野马镇的人喜欢跟他对话，他们问他今年高寿，他永远都这么回答：今年七十。

他因长寿而受人尊敬。

他不知道自己的岁数，他的岁数，由像我这样衣食无忧、整天无所事事的人惦记着。他每活过一年，我就在心里说，邱一声又长了一岁。我还学古人结绳记事，在我家的横梁上用毛笔画黑杠——九十几道杠，邱一声的年龄，把我家的横梁涂成非洲的斑马。

与野马镇相邻的九渡镇、百旺镇，还没有一个人能活到他这个岁数，有这么一个长寿老人活在自己的地盘上，野马镇的人都觉得脸上有光。

儿子刚死的那几年，他被当成野马镇的累赘，只有修自行车的张权一个人去照顾他，张权是他拐了七八个弯的亲戚，他不去照顾，就没人去照顾了。没想到，野马镇一场长寿比赛从此开始，跟邱一声一样岁数的人，一年走几个，很多老人倒在了这场比赛的路途上。邱一声90岁的时候，人们醒悟过来，这才把他当成手心里的宝，自发地担负起赡养他的义务，每户一天，循环反复，负责他的吃喝拉撒。我也是从这一年开始在我家的横梁上画黑杠，我一口气就画了90道杠，以后他每活一年我才画一道，这样一来，这些黑杠的颜色深浅全都一样。

不管怎么说，邱一声终于熬成了野马镇的骄傲。

很长的一段时间，野马镇的人喜欢谈论邱一声的饭量、喜欢吃的菜、睡觉打不打呼噜等，还因为这样的话题，发生争吵。

董志国说邱一声喜欢吃肉。董志国是一个屠夫，轮到他照顾邱一声的时候，随便捡些碎肉，就能对付邱一声的一日三餐。

蓝伏龙说邱一声如果喜欢吃肉，怎么会长寿。他喜欢吃素食，青菜拌火麻，他吃起来比什么都香甜。蓝伏龙是个菜贩子，经常拿青菜拌火麻煮给邱一声吃。我不是买不起肉，只是邱一声太喜欢我煮的青菜拌火麻了，有一次我煮肉给他吃，他竟像小孩那样哭了起来。他说。

董志国不服气，轮到他照顾邱一声的时候，炖了一锅肉，邱一声吃了一碗又一碗。董志国夸张地说，要是我不拦住他，他一顿就能把那锅肉吃完。这话是对蓝伏龙说的。董志国说，你讲假话，他哪里哭了？看见我煮肉，他还说，放八角，他口味很重。

蓝伏龙是个老实人，为了不给人留有抠门的坏印象，轮到他照顾邱一声的时候，也煮了一锅肉。整个过程董志国一家都在场，蓝伏龙希望当邱一声看见碗里的肉时，也像上次那样，号啕大哭，如果董志国一家有良心，他们会主动到处传播：董志国负责跟猪肉行里卖肉的和买肉的说；他老婆负责跟街头巷尾那些喜欢嚼舌头的女人们说；野马镇有一百个小孩，董志国的小孩是个孩子王，从他嘴里传出去的话，就是小孩堆里的最高指示。这样一来，他抠门名声就去掉了。

在邱一声家的菜板上，蓝伏龙把肉剁得山响。他有一点私心，因为他同时也准备了青菜和火麻，如果邱一声听到剁肉的声音哭了起来，他马上换菜，他们一家不喜欢八角的味道，等到煮熟后才换成青菜，这肉基本上就算浪费了。

蓝伏龙一边剁肉一边观察邱一声，他坐在椅子上睡着了，嘴角挂着一条亮晶晶的口水。蓝伏龙越剁越狠，想把邱一声剁醒，竟把邱一声家薄薄的菜板剁成两半。

董志国在一旁说，蓝伏龙，其实你应该当屠夫，空有一身力气，不当屠夫可惜了。

董志国说得对，在野马镇当屠夫，得有一身蛮力，如果一个人不能扳倒一头大肥猪，基本上就得远离这个行业。蓝伏龙精瘦，看起来不能当屠夫，没想到在邱一声家他手起刀落，竟被董志国看出了当屠夫的潜力。

蓝伏龙说他老人家牙不好,肉剁碎点好消化。

他又在讲假话,邱一声的牙好得很,很多人认为,他之所以长寿,是因为有一口好牙。

董志国厚道,没有在牙齿的问题上跟蓝伏龙纠缠,他一直在等蓝伏龙煮肉。他要让事实证明邱一声之所以长寿是因为喜欢吃肉。

蓝伏龙洗锅、生火,每一个环节都弄出很大的动静。董志国的老婆和孩子瞪大眼睛,这个卖菜的蓝伏龙,不就是煮两斤肉吗,用的力气像在煮一头猪。

火烧起来了。不一会儿锅里的肉开始冒香味,邱一声没有马上醒过来。蓝伏龙抓了一把八角要往锅里扔,被董志国拦住,董志国说你想苦死他老人家吗?他掰开蓝伏龙的手,捡了一朵八角。就放一朵。他说。

蓝伏龙往火灶里加柴火,火苗添到锅盖上面。锅里很快沸腾起来,水蒸气"噗突噗突"地往外冒,可惜屋里没有风,香气传到邱一声鼻子边的时候已经很淡了。蓝伏龙找来一把扇子,朝邱一声的方向扇风,这个方法果然奏效,邱一声这个失忆的老人,这个永远都停在70岁的老人,被一阵浓浓的八角香味熏醒了,他咂巴嘴唇,说的第一句话就是:拿碗来。

董志国的老婆和孩子摇摇头,哼了一声,就出去了。他们懒得待在这里,他们想尽快去跟野马镇的人报告,蓝伏龙说的是假话,邱一声如果不喜欢吃肉,能活到今天?

看着邱一声大口大口地吃肉,蓝伏龙的情绪有点失控,他朝邱一声喊:上次你怎么哭了,好像看见我在碗里放了毒药一样。他的吼声没有吓住邱一声,邱一声低头吃肉,根本不理会他。

董志国厚道,他没有看蓝伏龙的笑话,而是替他开脱,董志国说火麻跟肉一样贵。

火麻在外面卖得很贵,在野马镇卖得不贵,董志国拿北京火麻的价钱替蓝伏龙开脱。蓝伏龙当然不满意。不是钱的问题,而是关系到自己抠门不抠门的问题。

董志国说,你不要太认真,上次是上次,这次是这次,不能说明什么问题。在野马镇,如果你拿一件事情,来证明其他的事情,到头来苦的是自己。这个道理,我们杀猪的人懂,你们卖菜的未必懂。

董志国的话让蓝伏龙摸不着头脑。为什么杀猪的人懂,卖菜的就不一定懂呢?蓝伏龙来找我——野马镇的第一号闲人——跟我说董志国的话到底有什么样的含义。我对邱一声喜欢吃肉还是喜欢吃青菜一点都不关心,一个失去记忆的老人,他哭也很正常,喜欢吃什么不喜欢吃什么也很正常。俗话说人活六十,过一年算一年;人活七十,过一天算一天。照此推算,人活八十,过一个小时就算一个小时;人活九十,过一秒算一秒。邱一声是活过一秒算一秒的人了,他有什么举动都很正常。我想起我家横梁上密密麻麻的黑杠,画一道上去,多么不容易啊!

我说,大概董志国觉得他见的世面多呗。

屠夫肯定比卖青菜的有想法。我当时这么想,但没有这么说。在野马镇,屠夫屠宰牲口的时候,嘴里都得念叨:大杀你地杀你不是我杀你。就是死后,超度的方法也跟其他人不一样:那把屠宰的刀,得跟供品放在一起。神仙要是追究,就追究刀好了,躺在棺材里的人,该去哪里就去哪里。想一想,一个屠夫,他每天嘴里有"经文",死后案前有屠刀,想的能不复杂?万一神仙真要追究……

蓝伏龙说我明白了,董志国大概觉得自己高人一等。

我说你可以这么理解。

蓝伏龙说天天杀生死后下十八层地狱,还高人一等?

我没有说话。

蓝伏龙追究的是董志国凭什么比别人高人一等,我打发他走之后,想的却是董志国的话:不能拿一件事情,来证明其他的事情。

这又回到了邱一声在上次蓝伏龙照顾他时为什么会哭的事情上面。他之所以哭,可能跟吃的一点关系都没有。蓝伏龙在这件事上认真了一回,弄得自己很受伤。

前面说过,在野马镇,我是一个整天无所事事的人。我仗着父亲留给我的一大笔钱,衣食无忧,喜欢做的就是读书。平日里,我捧着一本书,在楼顶上晒太阳,书也不是什么深奥的书,一些章回小说、一些武侠小说——这辈子我就指望它们打发时间。因为喜欢看书,我显得比野马镇的其他人稍稍有一点文化。

我为什么有闲情逸致把邱一声的年龄刻在我家的横梁上面,而不是顺手刻在触手可及的柱子上面,这下你明白了吧——我把邱一声又活一岁,当成又看了一章章回小说。

我家的横梁很高,要将邱一声的年龄画在上面,得用很高很高的梯子,踩着高高的梯子爬上横梁,很有仪式感,就像有新的工程开工,领导喜欢去剪彩一样。这样的事,除了我野马镇没有第二个人会去做。

当然，我这么做也有一些野心，或者说有一个期望，我期望也能跟邱一声一样长命，等老的时候，坐在横梁下面的椅子上，数着过去的邱一声、现在的自己的岁数，像爬一道一道楼梯，确实是一件很幸福的事情。

邱一声每长一岁，我就多一份念想，就多一份压力，我三十五岁，还有六十年，才够得着他——我也就是活得不耐烦了才这么想，野马镇的其他人不会这样。他们在为生计忙得焦头烂额，屁滚尿流，十五岁的人干二十五岁人的活，五十岁的人有六十岁人的心事。

现在，我琢磨屠夫董志国的话，不能拿一件事情去证明另一件事情。这让我觉得野马镇藏龙卧虎。我接下来要做的事，几乎就是为了证明董志国讲得对还是不对。

那天，轮到我去照顾邱一声。前几次我都是给钱让别人顶替，那段时间我也是闲得没有章法，书看不进去，野马镇也没什么让我感兴趣的事发生，我突然就想去照顾邱一声一天，看看跟长寿老人一起生活到底是什么样子。为了显得跟别人不同，我做了精心的设计。我不能像董志国和蓝伏龙那样，在邱一声到底是吃肉还是吃青菜的事情上做文章。我想在我照顾邱一声那一天给他过个生日，也就是做寿，所有的街坊一家来一个人，热热闹闹吃顿饭。在野马镇，一个老人七十岁以前，生日必须过在出生的那一天，可以是农历，也可以是阳历，八十岁以后就不同了，只要过在出生的那一个月就行。九十岁以后就不那么严格了，想哪一月过就哪一月过，想哪一天过就哪一天过，甚至想过几回就过几回。

我把我的想法跟张权说了，他一个人照顾邱一声那么多年，什么怨言都没有，大家都佩服他，街上的红白喜事都由他张罗。他是野马镇谁家都离不开的人物。我们这里有一个好处，不是谁钱多就听谁的，谁家里有人当官就听谁的。如果谁钱多就听谁的，那我说话就算数了；如果谁家里有人当官就听谁的，那老李是副镇长，可街上的人每一个都不鸟他，他生活作风不好，老被人告。

张权说这样不好。如果你给你妈妈做寿我不反对。你给邱一声做寿，就不妥了，这样显得你很有钱是不是，大家都缺钱，你看一看，这些年有哪一户人家大操大办给家里的老人做寿？再说了，你有钱，那是你爸给你留下的。你爸短命，他留给你的钱是拿命换来的，他为什么短命？就是因为这些钱。你拿他的钱去给邱一声做寿，不合适吧。

既然张权把我爸抬出来，我不得不说一说我爸。有时我甚至这么想，邱一声为什么那么长寿，是因为有我爸这样短命的人——他们把自己的岁数贡献出来，让别人替他们活。我这样想其实也没有什么道理。人就是这样，不是每一个想法都合乎道理。虽然不合乎道理，但是你还止不住经常这样想。

我爸对人好，他开矿，每死一个人，其他矿主给一万，他给三万。野马镇的很多人都跟着他干，有人护矿，有人挖矿。挖矿的得有力气，护矿的得心狠手辣，可以这么说，那几年，野马镇几乎有力气的和心狠手辣的人都跟着我爸干。矿上每年都死几个人，有时是心狠手辣的死，有时是力大无边的死，我爸一视同仁，每人三万，没有一个人来闹。没人来闹，什么事都没有。但那一回事太大了，坑道透水，二十几个人被困在里面，凶多吉少。我爸慌了，第一时间就报告给政府，政府慌了，想捂住，要让我爸出钱私了。人还在坑道里生死未明，坑道外边，我爸就把二十几个矿工的家属找来，讨价还价，有些家属愿意讨价还价，有些家属嚷着应该先救人。如果救人，肯定就得往外张扬。我爸和政府都不愿那样干，钱就出得很高。每人十万，几乎所有的家属最后都同意了，签字画押后将钱领走。没想到一个小女孩对着矿井喊了一声爸啊，她妈妈就反悔了，扔下十万块钱就跑。事情就这样捅了出来。结果是二十几个矿工死，我爸被枪毙，县委书记被枪毙。因为是全国第一例，野马镇那一带的所有窿道，全部用水泥封死。

我不愿意说这些事情，因为野马镇出了这样的事，打那以后全国的报刊电视对矿难的报道就多了起来。

不说我爸了，还是回到要给邱一声做寿的事情上来吧。我真的很想给他做寿，甚至想把时间定在我爸死的那个日了，有人死了，有人长寿，大家都还乐呵乐呵，这就够了。我以为我把这个想法跟张权说之后他会赞成，没想到他一口否掉。我爸的钱就是我的钱，他短命也好长寿也好，都是。不就是街上的人一起吃个饭吗？

既然张权不同意，那也就算了。

这样一来我还有必要去照顾邱一声一天吗？

还是去吧。平时我的日子过得很虚，我得让我的这一天过得实实在在。但是只看他喜欢吃些什么，睡觉睡得好不好，我又心有不甘。问题是我不喜欢开动脑筋，我爸留给我这么多的钱，换了谁谁都不愿意开动脑筋。如何照顾邱一声，我不知道该怎么办。

这时候我弟回来了。我爸被枪毙之后，他跑到云南开矿，做得几乎跟我爸一样。他比我还爱我爸。我爸死时他哭得死去活来，我不是，二十几条人命，加上以前死去的那些人，我爸死得不冤，其他的人才冤。前面我之所以说他好，是因为别的矿上一条人命一万，他给三万。

我弟回来后我跟他说我要去照顾邱一声的事，他很冷漠，说这样的小事不必跟他商量。我爸死后他就这样，什么事都喜欢用钱去砸。这样一来，跟谁都生疏了。他这次回来要把我妈接去云南，我妈也愿意。他们都把野马镇当成伤心的地方，都想这一去就不回来了。我没有反对。我们家在这里有那么多条人命，我妈在这里一天，就多一天煎熬。她跟我弟不同，我弟是哪里让他开矿，哪里就是他家。我妈是哪里能让她心安，哪里就是她家。我跟他们又不同，我不想挣钱，那些人命是我爸欠下的，为此他抵了自己的命。在野马镇我没有欠谁的，所以我希望我像邱一声一样长寿。

我弟带我妈走没几天，我就去照顾邱一声了。

蓝伏龙和董志国都认为我照顾不了邱一声。蓝伏龙跟我说怎么煮饭怎么煮菜什么时候生火灭火熄灯睡觉之类的，这些我都懂；董志国讲的我比较感兴趣——他给我透露一个秘密：邱一声是野马镇的活化石，别看他失忆，他偶然张开嘴巴，全是野马镇的事，而且年代越远，则越清楚，越惊心动魄。这下我来了兴趣，听邱一声说过去的事，不管是真是假，都很有意思。董志国还说，他长寿，但是他儿子老婆都没了，你有钱，但是你爸没了，两个人肯定有很多共同的语言。这个董志国,别看是个屠夫,说的话还有点水平。这是我一直不敢小看野马镇的原因。

为了听邱一声讲过去的事情,我决定照顾邱一声十天。我叫我们家以前的司机方老虎把我家的大冰箱搬到邱一声家,里面塞满了鸡鸭鱼肉和青菜。张权说,你照顾他十天,你是痛快了,但是却坏了一户一天这个规矩,很多人不干。我知道那些人想些什么,很多人照顾邱一声的目的是"修阴功",也就是通过做好事为自己的来世修些福气。我说,他们修来世,我还想修现世呢,佛说了,修来世重要,修现世更重要。其实佛是不是这样说我也拿不准。张权一听我说佛,他就头疼,赶紧走了。他不信佛,也不看低佛,也不骂佛,他和佛各走各的道。出门前他说,那我去做一做他们的工作,难得你修现世,你愿意修现世,我就让你修个痛快。

以前光记得在横梁上给邱一声画上黑杠杠,还真没好好琢磨他这个人。他到底是个什么样的人呢?这样一想我慌了,我跟邱一声一起在野马镇生活了三十五年,他是怎样的一个人我竟然不知道。

前面说过,野马镇的人在照顾他的时候,喜欢跟他对话。我问张权,在照顾邱一声的时候,他们都跟他说些什么?张权说,有些人拿他当开心玩具,问他到底有几个女人;有些人一边照顾他一边骂人,把自己的不愉快全骂出来了;有些人一边跟他说话一边哭,还有骂他的呢。张权说。

骂他?

活了九十五岁,难免会有得罪人的事。

还挺热闹的,这个邱一声,他在给野马镇的人"修来世"

提供方便之外，还分别充当了以下几个角色：

一、消遣

拿他当娱乐对象的主要有阿明、阿卫、阿三三兄弟，他们三个人是一个娘生的。要说他们三兄弟可真不容易，阿明瘸腿，是我们小时候的开心果。那时候全民唱样板戏，连阿明这样的瘸子也得上场。唱《平原游击队》，有一个难度很大的转身动作，唱词是"夺取机枪早下手"，其他社员一转身就转过去了，阿明不行，他一转身，整个人就垮了，得用手撑住地板，才站得稳，喜剧效果非常明显，每次唱样板戏，我们都等"夺取机枪早下手"这一场。看着阿明痛苦地转身，我们笑得非常开心，因为这样，他的两个弟弟，成了我们的死对头，他们一看见谁笑他们的哥哥，就疯了似的扑上去。往往是一场戏没演完，阿卫和阿三就在台下跟我们扭成一团，两个对十几个，他们被打得鼻青脸肿。他们明的打不过，来暗的，在下大雨的晚上，他们背一口袋的小石头，跑到岭上，砸仇人的屋顶。乒乒乓乓，被砸的人家以为下冰雹……

这是小时候的事情，长大以后，哥仨的命运也好不到哪里去。阿明开始修单车，手艺是野马镇最好的，后来收购废铜烂铁，就变成了销赃犯。镇上的变压器被偷，公安来查，在他家发现变压器的铜线，把他给抓了，正好是"严打"，被判了八年。他觉得冤，一有机会就跑，一个瘸腿的人，怎么跑得了？他的刑期从八年变成十年，又从十年变成十二年，最后十二年变成十四年，回来时，人就老了。

弟弟阿卫唱歌很好，高中毕业进了县文工团的学员班，等着成为国家干部，在县文工团，他除了上台表演节目之外，还负责在领导吃饭的时候唱歌助兴，领导叫唱什么歌他就唱什么歌。领导在酒桌上叫他，阿卫，来一首《祝酒歌》，他马上"美酒飘香啊啊啊啊啊啊歌声飞，朋友啊请你干一杯请你干一杯……"领导说阿卫，唱一个《妹妹找歌泪花流》，用女声唱，他就模仿李谷一的声音"妹妹找歌泪花流，不见哥哥心忧愁"。没想到阿卫还能唱女声，领导像哥伦布发现新大陆一样兴奋，后来在酒桌上，他们都叫他不唱男声了，专门唱女声。后来在舞台上，他们也让他不唱男声了，专唱女声。搞得全县人民都知道文工团有一个能人，唱女声唱得很逼真。在舞台上，为了配合自己的声音，他穿花衣服、花裤子，衣服里塞两个气球，一出场，就笑翻全场。他以为这样很快就能解决饭碗问题，没想到一次演出的时候，他用女声唱《我爱你中国》，唱到一半就唱不下去了，这首歌调太高，他一个男人，憋着个嗓子，突然间痛苦得不停地搓喉咙。他张嘴，啊——啊——啊，声音沙得让自己害怕。

他的嗓子破了。

他在观众的哄笑声中下台。回到宿舍找糖水喝，找醋喝，以为睡一觉后嗓子又能恢复，但是嗓子并没有按他希望的那样恢复，他唱不了了，不仅女人唱的歌他唱不了，男人唱的歌他也唱不了，还变成一个破锣嗓，讲话声音像拿竹枝扫街。县文工团哪里容得下一个唱不了歌的人，他没有等到变成国家干部,就被辞退回野马镇。

小弟阿三不干,他跑到文工团骂领导,我哥喉咙坏了,都是你们害的,他明明一个男人,你们硬叫他唱女人的歌。喉咙不坏才怪。他以后的生活,你们得负责。文工团也还讲些情面,县里拨了一笔钱给他们买乐器,三千块钱,领导冒着被查处的危险,全部交给了阿三,当时三千块钱是一个不小的数目。阿三这才作罢。

阿三后来说,我大哥吧,当年不想上台唱戏,被逼着上。我二哥吧,做梦都想上台唱戏,最后变成个破锣嗓,我的两个哥,跟舞台有孽缘。

有一阵子野马镇填池塘建房子,需要大量的泥土和石头,把舞台挖掉是最便捷的办法,阿三比谁都积极,几乎一个人就把野马镇的三个舞台都挖掉了。

兄弟三个人在野马镇相依为命。做什么事都喜欢凑在一起,就连照顾邱一声这样的事情,也是三个一起上。

听张权说,他们照顾邱一声的时候,喜欢叫邱一声给他们唱歌,一个大盆里装满米饭和肉,阿明说,老爹(野马镇的人把邱一声叫做老爹),老爹,唱一个"夺取机枪早下手",邱一声就一拍椅子伊呀呀唱了起来,唱的虽然不是"夺取机枪早下手",而是野马镇一带的山歌:妹莫忙,妹莫忙,哥哥等你做新娘……阿明很满意,一口肉就喂到邱一声的嘴里。

而阿卫呢,就是让邱一声唱女声,邱一声哪里唱得了,阿卫就喊,唱啊,你唱啊,不唱就不给你吃。他把一盆米饭和肉拿得远远的,邱一声一唱还是男声,他不满意,说,来,我来教你。他的破锣嗓,哪里教得了邱一声,于是,邱一声家响起奇怪的歌声,平日里好听的歌声,在阿卫的喉咙和邱一声的喉咙里,变成破槌敲破鼓一样的渣渣。

阿三对唱歌不感兴趣,他叫邱一声坐在一个矮凳子上,自己坐在高凳子上,学着公安审问犯人的样子跟邱一声对话:

姓名?

邱一声记不起自己是谁,摇头。

性别?

邱一声说男!

阿三说还记得自己是个男人。不错嘛。家住哪里?

邱一声摇头。

你知罪吗?

邱一声说小的知罪。

何罪之有?

操你娘的!

阿三红了脸举手,但不敢落下去,而是抓自己的头。

邱一声又说操你娘的!

阿三嘻嘻嘻嘻嘻地笑。他不跟邱一声较真。说,除了还知道自己是个男人之外,其他都答错了,下次争取答对哟。他端起饭盆。来,开饭。吃龙肉喽,吃一口富贵双全,吃两口长命百岁,吃三口得道成仙……

我对张权说,他们拿邱一声开心,你怎么不管一管?怎么说邱一声也是你家的亲戚。张权说我怎么管得了。他们每家都有一大摊子的事情,他们能来替我管一管,已经很不容易了,三兄弟你也知道,平时苦得很,这个时候还想起唱歌、断案,我不但不怪他们,我还要佩服他们有神气哩。

张权说得不错。三兄弟照顾完邱一声，又灰头土脸地出去讨生活，阿明从劳改营出来后，跟一个师傅学做砂纸，在家里搭一个工棚，收一些桑树皮泡水、打浆、烘烤、上墙，全部是自己一个人干，一双手粗得跟树皮一样，他做的砂纸是祭祀用的，产量很少，销量也少，但是他愿意这样。弟弟阿卫给人搭手当屠户，本钱少，两个人合买一头猪，杀掉后一人半边拿去卖，亏或者赚都由自己负责。阿三以前帮我爸护矿，野马镇的山坡现在都被钢筋水泥封死了，他不想再干什么，跟我一样，游手好闲，不同的是我有我爸的遗产，他没有。

我想，可能在照顾邱一声时拿邱一声开心，是他们在野马镇唯一的乐趣。如果剥夺了他们的这个乐趣，他们活着就一点意思都没有了。这样一想，我觉得他们一点都不过分。

二、受气包

董志国的老婆阿珍在照顾邱一声时，喜欢拿他当董志国骂：你这个死砍头，我嫁给你有什么好处？天天当牛做马，起早贪黑，别人杀猪你也杀猪，别人杀猪早就起楼房了，连卖青菜的蓝伏龙都起楼房了，你一个杀猪的，比不上一个卖青菜的，你丢不丢人啊……

董志国有一个残疾的弟弟，董志国不但要负担一家人的生活，还要负担弟弟的生活，一年下来，剩不了几个钱，哪里起得了楼房。但是董志国很要面子，人前绝不叫穷，别的屠夫抽什么烟他就抽什么烟，穿着打扮，绝不比别人低一个档次，就是照顾邱一声，也不让别人觉得自己差。他的死要面子，引起老婆的反感。董志国脾气暴躁，阿珍在他面前不敢怎么样，她喜欢在背后说家里的糟心事，她一跟别人说，董志国很快就知道。所以，在董志国家里打人的事经常发生。阿珍觉得在背后说自家的事很不安全。骂个人都不安全，这日子怎么过？好在有邱一声，对着邱一声骂董志国，邱一声不会说给董志国听，这样一来就没有什么顾虑了。

也不光阿珍会骂人，蓝伏龙的老婆阿香也会骂人，在邱一声家，蓝伏龙老婆阿香不骂自己的老公，而是骂一切可骂之人。她首先骂我爸。她的亲弟弟阿水是那场矿难死去的二十几个人中的一个，别人每人十万，阿香的弟弟阿水十五万。野马镇的人帮我爸干活，都是像阿三那样护矿。阿水除外，他们家只有他一个男孩，所以我爸给十五万，比其他人多五万，就是多这五万也阻止不了阿香骂我爸，跟一条命相比，这五万也不算多，所以阿香骂我爸骂得有道理。她这样骂我爸：

这个挨千刀的喔，你前世跟我们是冤家，你原来是个鬼，跑来阳间索命，可怜阿水，我家的独龙仔啊（意思是唯一的男孩，作者注），死在我爸我妈的前头，你叫我爸我妈怎么活？你这个挨千刀的，你这个挨千刀的。你死了都不解恨啊……

她最爱骂的，还有税务所的老韦。阿香开个杂货店，老韦去收税，阿香总觉得老韦收她的税收得多，收别人的税收得少，每次都叫老韦减她的税，老韦不肯，她就骂老韦，骂了很多次之后老韦威胁她，你再骂我就告你抗税！她怕了，只好到邱一声这里来骂：

你这个黑狗，乱要我的钱，你以为我赚钱容易，每天站得腰酸腿疼，几个辛苦钱，全部交给你，我前世欠你什么债，惹得你天天来讨钱，别人你收少，我的你收多，你这个黑狗，你是个催命的妖，你这个杀人的魔……

阿香一骂人，邱一声就发抖，饭都不肯吃，喊道：作孽啊！

阿香不理解，问，为什么阿珍骂人你说好？我骂人你喊作孽啊？邱一声没有说话，下次阿香到来的时候，他的两只耳朵，塞上了棉花。他微笑着看阿香，那意思就是，你骂吧，你怎么骂我都听不到。阿香在他面前响亮地骂：你这个死砍头——这是骂我爸；你这个黑狗——是骂老韦；你这个野仔——是骂野马镇任何一个该她骂的人。

三、神

野马镇不乏虔诚善良的人，阿亮就是其中的一个，他说邱一声为什么长寿，因为他像佛。邱一声红光满面，两只耳垂像铜钱，坐在椅子上等饭吃，像是打坐的佛。

有人对阿亮说，为什么邱一声 90 岁以前你不说他像佛，90 岁以后你才说。

阿亮说要成佛，得需要时间。阿亮说我还记得当年邱一声的样子，瘦瘦的，目光凶狠，像个随时跟人抢饭吃的人，现在不是这样了。他们说光看相貌就说他像佛,那这个世界佛就多了,阿亮说我只是说他像佛,又不是说他是佛,如果他是佛,我们得给他盖座庙。天天给他烧高香。

虽然没给邱一声盖个庙,阿亮照顾邱一声的时候,是按照顾佛的方法来的,进得门来,燃香三炷,不明白的人以为他熏蚊子,明白的人知道他在求邱一声保佑他们一家,他单腿跪地,嘴里念念有词:老爹啊,今年日子比不了去年,今年天灾,我家后背的山上一颗大石头滚下来,砸坏半间房子,死了两头猪一头牛,十年的家当就少了一半,地里的玉米挨水泡,虽然有救济,但是我家人多……

阿亮眼泪就下来了。他接着说:

唉,十年的家当少了一半,可我年纪不是十年前了啊,十年前我一次可以扛两包水泥,走一里地都不用休息;现在一包水泥在肩上,走几步就喘气,岁月不饶人,感觉是小孩没长大,我就老了。我现在最盼的,有哪个人来帮一帮,先把半间房子修好,牛是买不起了,买一头母猪,生一堆猪崽,拿去街上卖,换米换肉换油盐,先熬一两年再说。难的是我现在跟谁借钱,我跟谁都开不了口,你说我该怎么办?

邱一声看着他,一副茫然的表情。阿亮万事不求人,叫他开口跟别人借钱,比拿他去杀还难些。

阿亮说:跟你说了这么多,你都记住了,等我发达了,我不会忘记你。

阿亮这么说之后,心里舒服了很多,在盆里倒上温水,拿毛巾给邱一声擦脸、擦身子。邱一声说:舒服。

在照顾邱一声时流眼泪的还有张权的老婆阿锦。阿锦照顾邱一声的时候,每次都哭成一个泪人。从一生火做饭开始就抹眼泪,什么话都不说——她是野马镇唯一在照顾邱一声时不说话的人。她默默地干活、流泪,之后走人,在邱一声家她是个伤心的女人,出门之后在别人面前又谈笑风生,好像什么事都没有发生一样。至于她为什么哭,我问张权,大嫂为什么哭?张权说,我怎么知道,在家她不是这样,唉,她爱哭就哭呗。本来我想刨根问底,但是看到张权一副无所谓的样子,我就没有往下问。

唉,野马镇的妇女,不论哪一个都有一肚子苦水,找个没人的地方哭一哭,也不算什么丢人的事情。

这些事情都装在我的脑海里,我推门进屋,邱一声端坐在屋子正中央,真的像佛。他一身布衣干净整洁,看着我,面露疑惑的表情。

老爹,我来跟你聊天。我说。

你是老李的仔?

他竟认出我。对。我说。

啪、啪。他嘴里发出两声枪响。他也知道我爸被枪毙的事。我一愣,没想到一见面他就来这么一下。估计是谁在照顾他的时候,把野马镇近年发生的事像念经一样都跟他说了。我故意跟他作对,说,不对,我爸还活得好好的,吃饭,喝酒,跟你一样。

啪啪。他嘴巴又发出这样的声音。不一样,不一样。他急了。你说假话,他说。这个老头如此清醒,着实把我吓了一跳。我想起董志国跟我说的话,他是野马镇的活化石,我爸被枪毙是他失忆以后的事情,连我爸的事他都知道,野马镇还有什么他不知道的?

我觉得我接下来要干的事真的是太多了。

接下来他朝我举四个手指。举的是右手,很快又用左手把一个手指撸下,剩下三个手指,久久举在我面前。

这下我糊涂了。我说,老爹,你这是什么意思?一天吃三餐?我知道,你看冰箱里我都给你准备了什么。我把冰箱门打开,里面满满的全是鸡鸭鱼肉。

不。不。他摇头。三个手指举得更高。我怕他举得太久累坏了,走过去把他的手轻轻放下。他的眼泪就流了下来,他一把抓住我的手。

你终于来看我了。他像小孩那样哭出声来,他从来没有这样过。我想起蓝伏龙照顾他时说他因为不喜欢吃肉而哭泣,这下我相信邱一声不是因为吃什么而哭了,野马镇以前太穷,一有什么事情发生,首先就想到吃的。

他哭是因为我来看他。他开始的时候举四根手指,我来了之后他扳下一根,还剩三根,意思是还有三个人没来看他。这使我想起一位官员回乡,乡下的小官僚轮着请他吃饭,最后他说,请我吃饭的我都不记得了,没请我的我都还记得。邱一声是因为这个原因哭,见到我他太激动了。

还有哪三个没来看你?我问。

朱七、王柳、许元。他说。

我的脑袋刮过一阵风暴。

这三个人已经死去很久了。难道在他眼里,我也是一个死了好久的人?我后退两步,吃惊地看他。

他是一个奇怪的老人,接下来的这些天,我该怎么办?

平时，我不知道怎么样跟人相处，从小我娇生惯养，做事说话完全由着性子来。一段时间里，我们家欠很多条人命，我内心并没有什么不安，照样扛着一张脸在镇上晃来晃去，没觉得有什么不妥。我想，既然我爸已经为此偿命，我家为此付了很多的钱，我扛着一张脸在野马镇晃来晃去又怎么啦。还好，现在野马镇没有一个人把我当仇人。

邱一声见到我像见到久别重逢的亲人，他甚至要站起来，要命的是，他双手撑着椅子两边的扶手，像体操运动员那样，但是他的腿不听使唤，始终没有站得起来。我怕他摔到地上，赶紧过去按住他。他直勾勾地看着我，有点像要吃人。他的眼光我可受不了。没有人告诉我他会烦躁，他们说他很乖。我有点后悔，后悔一时冲动来照顾他。但是打退堂鼓已经来不及，他紧紧地把我抓住，想跑也跑不了。我担心他的那一口好牙，很容易就咬破我的喉咙。

为什么到现在才来，我都要死了。他说。

原来他是嫌我来晚了。原来他一直都在念着我。估计整个野马镇的人，都装在他脑子里。

我都要死了。他说。

老爹，你死不了，说自己要死的，都不会死。有我们在，你会越来越长寿。老爹，你不是嫌我不来看你吗？我要在这里，照顾你十天。

他一直抓着我，我的话，像是在被他威胁的情况下说出来的。

他们对我不好。他说。

谁？

他们。

他们是谁?

他们。

我不再追问。我想,他说的他们,就是我们。

我有一点不满,大家好吃好喝照顾你,到头来还说别人对自己不好,哪有这样当老人的。不过我又想,不要把他的话当真。老人有老人的想法,他说不好,自然有他的理由,就阿明三兄弟那样对他,就董志国老婆那样对他,能说是好吗?好在还有阿亮和阿锦那样把他当神的人。一样米养百样人,你不可能要求人人都对你好。

老爹,你放心,我跟他们不一样。

他这才把我松开,慈祥地对我笑。我穿得太厚,这时候感觉有点热,把外套脱掉。

奇怪的事情发生了。

他直勾勾地看着我,嘴巴慢慢张开,变成一个圆圈。

这些年,你都去哪里了啊?阿牛。他说。

什么?

阿牛。他又喊了一声。

阿牛?阿牛是他的儿子。

他把我当成他的儿子阿牛了。他真是糊涂了,刚刚还把我当成老李的仔,现在又把我当成阿牛,当成他死去的儿子。我马上起了一身鸡皮疙瘩,身上冷飕飕的。我想起阿牛,他的傻儿子,三十几岁的人,十几岁人的心智,手里永远抓着一团玉米干饭。他跌河死。他死后,邱一声开始变得痴呆,他们说,儿子的魂,附上了他的身。没想到,他却活了儿没活完的岁月。

我突然就想起我爸,他被枪毙以后,没有一次出现在我的梦里,我弟虽然像他一样去开矿,心里也未必想他。爸爸死后,弟弟跟我说,爸吃亏就吃亏在没有见识,以为认识个把县委书记,天下就是他的了,看,县委书记照样挨枪毙,如果当初多下点血本,认识更大的官,爸就不会死。我不关心这些,我爸的性格我知道,死了那么多人,就是他不死,活下来他也不好受,还不如一了百了。我是武侠书看多了,喜欢干脆利落,喜欢快刀斩乱麻,喜欢一报还一报。我爸被枪毙,我家破了财,我才可以理直气壮地在野马镇上走来走去,才觉得不欠任何人的任何债。记得行刑前我们去看我爸,他从始至终没有跟我们说一句话,紧闭双眼,看都不看我们一眼,像个慷慨赴死的革命党。

现在,我突然想起他,突然觉得我们对不住他。埋他那天我妈和我弟哭,我没有哭,我想早点了事,想早点把死了二十几个人的这一页翻过去。然后该开矿的开矿,该看武侠小说的看武侠小说。

我掏出手机,给我弟打电话。打通之后我支吾半天却不知道应该跟他说什么。他以为我想问妈妈的情况,就说:妈很好,云南野生菌很多,每天我都煲汤给她喝,爸死后妈变白的头发又慢慢变黑了,如果你想她,你就来看她。

我比较放心我妈,她信了佛,佛会替我照看她。

阿牛,你回来了啊。邱一声又朝我喊。声音很苦,他眼泪水涌出来了。我给你做饭去。他从椅子下面抽出一根棍子。我这才发现他椅子下面有一根拐棍,他们告诉我他不能走路,现在一根拐棍在手,他的腿一下子年轻二十岁。

是因为阿牛。

我不想当阿牛,那个傻儿子,那个死了很久的人,把我当成他,是多么不吉利的一件事情。

我不是阿牛,我是李谦,我爸是李永强。啪啪啪,我的手变成手枪,嘴里三声枪响。我想拿我爸悲惨的下场唤醒他的记忆。让他明白,我不是他的儿子。

他的棍子就朝我的头敲过来。

你这个背时鬼,你这个背时鬼!他骂。我躲。棍子敲在我背上,很疼。哎唷,我叫了起来。他不是打我,他是打他那死了很久的儿子。

你认不得我是谁了。他气得脸都变形了。

爸爸!我不得不跪下。按年龄,我应该叫他爷爷。

就这样,我变成他的儿子阿牛。原先我想照顾他十天,现在我后悔了,我想尽快离开他的家。

我觉得很不公平,凭什么他们照顾他时想干什么就干什么,轮到我就变成另外一出了呢。

可我现在不能离开,我已经在野马镇夸下海口,要照顾他十天,如果此时打退堂鼓,那是要被人笑话的。我不能跟他较真,跟一个失忆的老人较真是自讨苦吃。我得顺着他,如果他因为生气而出什么意外,我的责任就大了。当他儿子就当他儿子吧,只要他不生气,只要他高兴,他把我当成谁我都不计较。

爸爸。我又喊一声。他举着的棍子就放下来了,我赶紧爬起来,把椅子垫在他屁股下面。他没有坐下,说,我给你做饭去。

我不能让他劳动。爸爸,您老人家好好休息,我来做饭。我撸起袖管,就要去生火,他死死按住我,拉过他的座椅,要我坐下。

他要干什么?我顺着他,坐在椅子上。

爸对不起你啊,你不怪我吧?你说,你恨不恨我?

我不明白他为什么会这样说。

不恨,我喜欢你还来不及呢。哪有儿子讨厌爸爸的。

我用游戏来对待他的糊涂。在我眼里,他就是七月的天气,慈祥、粗暴、呆。

这些年你是怎么过的?他说。

我脑子里转不过弯,他是问他儿子阿牛过得怎么样呢,还是问李永强的儿子李谦,也就是我,过得怎么样?他的眼睛饥渴,如果不回答他,他不会放过我。

阿牛二十几年前就死了。野马镇所有的人都觉得,阿牛是个累赘,迟早会害死他爹。那时我还小,阿牛已经是个大人,我还记得我用石头砸过他,他抱头鼠窜的样子。我们野马镇,该怎么说呢?每一户人家都有故事。比如说我家。我爸有二十几条人命,够吓人的吧。比如说前面提到的拿邱一声当娱乐明星的阿明、阿卫、阿三三兄弟;拿邱一声当出气筒的董志国的老婆阿珍;还有拿邱一声当神来供奉的阿亮等等等等,哪一家都有长得写不完的故事。邱一声的儿子阿牛自然不例外。一想到这些人我的头脑就发胀。这么多年来,由于喜欢看章回小说,对除了书本之外的事情一概不理,我一直游离于野马镇的故事之外,已经很多年了。我爸很多条人命在身，才使我有一点点转变。而阿牛，已经变成更加遥远的故事了。

阿牛跌河死。他死之前在野马镇是众人的开心果。他们喜欢从他嘴里淘出与他年龄不相符的话。二十几年前我十五岁，刚刚开始喜欢看小说，喜欢薛刚反唐，喜欢薛仁贵征西。野马镇的人喜欢拿阿牛的弱智开心。对野马镇的人围观阿牛、取笑阿牛的事我一点不关心，我甚至连阿牛长什么样都忘了。有一天他们说他死了，当时我想，死就死呗。我不认为这是件多大的事。阿牛死了，野马镇任何一个人死了，我都当成是小说里又死了一个人。就是我爸被枪毙，我恍恍惚惚也有这样的感觉，要不是我妈站在我旁边，我还以为死的是别人的爸爸。

现在，我被阿牛的爸爸问你过得怎么样？他肯定是关心他的儿子，而不关心李永强的儿子过得怎么样。

我说爸爸，我过得很好。我突然想起阿牛活在野马镇的时候人们喜欢围观他。我说，爸爸，我真的过得很好。

我搜肠刮肚想过得很好应该是什么样子，整个野马镇，过得最好的应该是我了吧，衣食无忧，整日无所事事，想干吗就干吗。

我说，只要你看看我，你就知道我过得好不好。这个时候，用红光满面来形容我都不大恰当。我妈到云南后，每隔一段时间，就给我寄来冬虫夏草，叫我放在骨头汤里煲。

他的手摸着我的脸，像摸一块上好的玉。

阿牛，你不恨爸爸吧。

我心想，他什么意思？不恨！我脱口而出。

是我把你踢下河啊。他哭了起来，像哭死去的儿子那样哭了起来。

我一屁股就坐到地上，好似阿牛灵魂附体，心缩了一下。他的手赶紧来找我的脸，我感到害怕，我感到他那只手长着龟的甲。这个房子一下子变得恐怖起来。

你、你说什么？我声音发抖。

是我把你踢下河啊。他的眼泪滴在我头上，我头皮发麻。

我知道我碰到了野马镇上的又一件大事。

把自己的儿子阿牛推下河？我要不要相信他？这可是件大事。

我说爸爸，你是怎么把我踢下河的。我很坏，想从一个失忆的老人那里知道他是怎么害死自己的儿子的。虽然他说出来未必就是真的。

不记得了，不记得了。他说。

我努力回忆当时阿牛出事的前前后后。二十多年前，我还是个少年，阿牛这个傻瓜整日里被人拿来当开心果，只要街上少了他，野马镇的日子就少了一半生机。很多人的日子很苦，但由于有了阿牛，大家都觉得日子还不至于那么惨。夏天的时候，我妈说阿牛跌河死了。我们家里的人没有一个人感到奇怪，好像那是一个傻瓜应有的结局。后来我爸被枪毙，我也是这种感觉，好像那是一个经常拿钱买命的矿老板应有的结局一样。

阿牛死去跟野马镇任何一个人死去一样，所有的人吃了一餐饭，他死的速度太快了，所以埋他的速度也很快。仅仅一天，丧事就结束了。

少了阿牛,街上冷清了许多。我知道的就是这些。

没想到他的死还有玄机。我要不要相信邱一声?他风烛残年,脑子一下子在人界,一下子在鬼界,我刚进来的时候他还认出我是李永强的儿子李谦,我脱了一件衣服,他就把我当成他的儿子阿牛。我要不要相信他。

是真的吗?你真的把我踢下河吗?我抬头问他。

快叫张权。他说。张权是他的亲戚,他是想让张权来证明是他把阿牛踢下河的。

我打电话给屠夫董志国,叫他帮我到猪肉行边的修车铺去喊张权来邱一声家。董志国说就你事多,知道不容易了吧,照顾一个人,不是照顾一头猪,还想照顾十天,估计一天你就累得发狂。董志国没有关机,在电话里我听到他喊张权:张权,出大事了,你快点去邱一声家。董志国懒得跟张权废话,只有这样说张权才会飞快地来到我身边。

一群人飞快地来到我身边。有张权、蓝伏龙、董志国的老婆,还有阿明、阿卫、阿三三兄弟,还有阿亮和阿锦。

冲到最前面的是阿亮和阿锦,刚进门,他们两个人就哭,老爹啊……他们看到邱一声在摸我的脸——他们没想到他居然能站起来,他们的口气就变了,"老爹啊……"就变成了"老爹!老爹!"他们把邱一声当神,他们不容许他们的神出现什么意外。

接下来是蓝伏龙,刚进门他也喊,这个时候还没煮饭,你想饿死他呀?看见邱一声摸我的脸,他后退了一步,他从来没有看到这样的情景,他以前看到的,不是睡在床上的邱一声,就是坐在椅子上的邱一声。蓝伏龙说,咂,返老还童了。

阿明、阿卫、阿三显然是来看热闹的，看见邱一声没事，脸上有一些失望。他们把不满撒在董志国身上，阿明说，这个董志国，提供假情报，以后他的话不能信。说完他和他的两个弟弟就走了。因为他们知道邱一声不喜欢他们。他们再待在这里一分钟，已经站起来了的邱一声不知道会有什么疯狂的举动。

董志国的老婆跟在后面，她一脸茫然，这是野马镇的公共表情。这样的表情进可攻退可守，如果邱一声有事，你可以认为那是悲从心中来，如果邱一声没事，你也可以说那是成竹在胸一切尽在掌握，是一种比较稳重的表情。其实这是被生活逼出来的。这种表情我比较熟悉，当年我爸被枪毙，很多人都是这样的表情，你都搞不懂他们是高兴还是悲伤。董志国老婆在照顾邱一声时不停地把他当董志国来骂，也是被逼无奈，如果不那样她就会疯掉。

张权背着手最后一个到来，慢吞吞的。他是照顾邱一声的元老级人物，在镇上地位很高，镇上的红事白事都是由他来指挥，你可以得罪镇长，你不能得罪他。

邱一声看见张权，指着我说，阿牛，阿牛。

听到邱一声说阿牛。所有的人都吃了一惊。

蓝伏龙说，怪不得站了起来，是想阿牛了。

阿亮和阿锦看着我，一个说，他是把李谦当阿牛了。一个说，李谦，他把你看成阿牛，你干脆把他看成你爸，两家人变成一家人算了。

蓝伏龙说，李谦，别人照顾他一天，你照顾他十天，他把你当亲儿子了。

只有张权知道这是为什么。他走过去，把我刚来到邱一声家时脱的外套扔给我，说，穿上。我不知道他为什么要我穿上，他怎么说我怎么做，我穿上外套。

张权指着我问邱一声，老爹，他是谁？

邱一声跌在椅子上，说，老李的仔，叭叭叭。他把手当枪指着我喊了三声。

原来，他只认我外套里面的黑色毛衣。他把穿着黑色毛衣的我当成他的儿子阿牛了。我脑子里马上晃过阿牛的身影，他活着的时候，都是穿着黑色的衣服。你很少看见他穿其他颜色的衣服。邱一声只认衣服不认人。为了证明这一点，我很快又脱掉外套。邱一声马上又从椅子上站起来，喊道，阿牛啊。又举着手来摸我的脸。没等他的手伸过来，我又飞快地把外套穿起来，他又颓然坐下去。

这真的是太有意思了。接下来怎么办？是脱下外套继续当他的儿子阿牛，还是继续当来照顾他的老李的儿子李谦。

张权说，我忘记告诉你，不要穿黑衣服来照顾他，他会把你当成阿牛。这些年，你看见我穿过黑衣服没有。张权修自行车，成天一张蓝色的围裙挂在身上，穿什么衣服谁看得见。就是照顾邱一声，他也是一副修自行车的打扮。

估计张权也曾遇到过像我今天遇到的事情。在野马镇，照顾邱一声的人多了去了，身边就有阿亮和阿锦、蓝伏龙和董志国的老婆。他们都没遇到过我跟张权这样的事。

张权说，他天然觉得我们亲。不是每一个人他都当成阿牛。不信你让阿亮和蓝伏龙穿上衣服试试。

我把衣服递给阿亮，阿亮穿上后往邱一声眼前一站，他用怀疑的表情看着阿亮,没有上当。

阿亮脱掉黑色毛衣,递给蓝伏龙,蓝伏龙穿上后邱一声一点反应都没有。我马上醒悟过来,张权说的他天然跟我们亲也不对,谁天然亲,谁天然不亲,又不是章回小说里面来路不明的武功。再说了,这样说对身边的阿亮和蓝伏龙有点不公平,他们辛辛苦苦照顾邱一声,也换不来他把他们当儿子看的那份情。邱一声之所以那样把当年的张权以及现在的我当阿牛,是因为当年张权开始照顾他和我现在开始照顾他的时候,我们的年纪跟他死去的儿子,也就是阿牛的年纪是一样的。他的儿子阿牛,在像我这样年轻的时候死去。年龄就像另外一件黑色的衣服,电了邱一声一下,他就把我当成阿牛了。

这个发现让我感到一丝庆幸。联想到他刚才说的他把阿牛推下河的事情,联想到我爸手上有很多条人命,最后被枪毙的事情,我觉得自己活得挺好。

你叫我来就是因为这件事?张权说。

这下我才意识到我差点忘了张权是我打电话叫来证实阿牛是不是邱一声推下河的。

不是因为这个。我说。我想跟他耳语,说邱一声刚才跟我说的他把阿牛推下河的事,但转念一想,还是由邱一声跟他说吧。那件黑色的衣服还套在蓝伏龙身上,我把衣服从蓝伏龙身上扒下来,套在身上。

看到穿上黑衣服的我,被打断的剧情又重新续上。邱一声站起来了,他的手紧紧贴在我脸上,冰凉冰凉。

张,你说,是不是我把他推下河的?

张权脸色大变。但他很快又变了回来。

胡说，你胡说什么！胡话，他在说胡话呢！都怪你，没事穿什么黑衣服，惹得他激动，他如果有什么意外，你就出名了。张权说话的重点一下子在邱一声身上，一下子在我身上。他说得不错，如果他因激动而出现什么意外，不说别人，我身边的阿亮和阿锦肯定不会放过我。他们把他当神。刚这么想，阿亮马上过来剥我的黑色毛衣。

以后你不要再穿黑衣服了。阿亮说，如果你觉得亏，我给你钱。在野马镇，除了我爸我妈对我说我给你钱外，还没有第三个，现在，阿亮是第三个。

阿锦说，李谦，如果你怕麻烦，我来替你照顾老爹。你回家看你的小说，好不好？

但是晚了，阿亮虽然剥掉了我身上的衣服，邱一声没有再像刚才那样坐回椅子上，他的手紧紧贴住我的脸。

阿牛。他是铁了心把我当阿牛了。那件黑色的衣服这个时候失去功效。我就是没穿这件黑色的衣服，他也把我当阿牛了。他脑子里的那根弹簧弹过来后就没再弹回去，像根绳索一样把我绑成他的儿子。

蓝伏龙说，他没有儿子，你没有爸爸，这就是缘啊。

这下我紧张起来，接下来我该怎么办，我觉得这个屋子阴森森的，眼前的邱一声有点像索命的鬼魂。我战战兢兢地说，老、老爹，我不是阿牛，我是李谦，我爸是李永强——啪啪啪！我把三颗子弹的声音喊得很绝望。

是我把你推下河哟。邱一声哭了起来。

瞎说什么你！张权冲邱一声说。

屋里面只剩下我、张权、邱一声三个人。我脑子里嗡嗡响，都不知道张权是怎么把阿亮和阿锦支走的。

邱一声已经认定我是他的儿子阿牛，他的手一直摸我的脸，我非常害怕，感觉他手上有龟的甲。我一只手紧紧抓住张权。张权安慰我不要害怕，他在我耳边轻轻说：你都变成他儿子了，他还能把你怎么样？

我没有害怕他成为我爸爸，我害怕他说的"是我把你推下河哟"，阿牛当年死于洪水，没人知道他是怎么掉下河去的，如今他爸爸说是他把他推下去的，这让人头皮发麻，我是怕他突然从凳子下面抽出一把尖刀，捅在我这个"儿子"的胸口上。我是怕这个。我说张权，你也听到了，阿牛是他推下河的，是真的吗？

邱一声听懂我的话，他望着张权，似乎在等张权的确认。

我还是第一次看见张权发飙，他突然之间变了一个人似地，把邱一声的手从我的脸上拍掉，吼道："你是活得不耐烦了，老不死变成妖，你还想怎么样？！这样闹以后谁还敢来照顾你。快点坐下！"

邱一声被张权按在凳子上面。

我七十了，活得太久了……邱一声说。他还是把自己当成70岁的人。

张权说，你不想活，很简单，李谦，我们走！张权把我拉出邱一声家。我没想到张权会这样干，大概他从来没见过邱一声这样反常，想吓唬吓唬他。他一直拉着我，都快把我拉到我家门口了。我突然觉得有点蹊跷，觉得张权大概是怕邱一声跟我这个他刚刚认下的儿子说些什么不该说的话。我不再往前走。这时候从邱一声家传来绝望、哀求的喊声：阿牛，阿牛啊，你不要走啊。

我得回去。

张权，把他一个人扔在那里，出什么意外我担当不起，我说。还有另一层意思我没说出来：如果邱一声不拿一把尖刀对准我，我还真的希望他跟我说些我不知道的事情，不管是真是假。

好吧，你去吧。他不会害你，他很爱很爱他的儿子阿牛，阿牛也很爱很爱他爸爸。你要相信我，张权说。他用手抹眼睛。他流泪了。张权说，阿牛死后，他总是跟人说是他害死阿牛，说多了就跟真的一样。

我快步来到邱一声家中。张权跟在我后面。邱一声像亲人一样迎接我们。他拄着拐棍站在门口。在自己家，他第一次走这么远。阿牛，你又回来了，他说。

第一次进他家门的时候，我是死刑犯李永强的儿子李谦；第二次进他家门的时候，我是他的儿子阿牛。

没办法，从今天起，我是邱一声的儿子。

我想，我作为邱一声的儿子阿牛，显得太过聪明。我在脑子里回忆阿牛在野马镇的点点滴滴，开始的时候我感觉自己有点掉价，像章回小说里的五品官被降成七品官那样不舒服。后来想，我面对的不是所有野马镇的人，在一个黑屋子里当儿子，就是当孙子那又怎么样。反正别人不知道。

我对张权说，你不要跟镇上的人讲。

张权说，讲什么？

讲我被当成阿牛，一个活着的人被当成死去的人，总归有些不吉利，我还想长命百岁呢。

张权说，你肯定能长命百岁。

邱一声的手又一次擦着我的脸，我很讨厌他这样，我受不了他的款款深情，他的手上依然有龟的甲，为了躲这龟的甲，我说，阿牛先给您做饭。我把自己叫作阿牛。这一招很管用，他的手从我脸上滑落，但是马上又指着我离开他家时落下的那件黑衣服，说，冷，穿上。几乎是命令的语气。他是怕我冷才叫我穿上。可我有另外的一种感觉，那就是穿上这件黑色的衣服之后，我才更像他的儿子阿牛，跟一个演员穿上戏服，才可以上台表演一样的道理。我飞快地穿上衣服。

阿牛，他说。

哎，我应了一声。邱一声这才拄着拐棍摇向自己的座椅，安然坐下。

我拉开冰箱的门，里面满满的鸡鸭鱼肉，我说，您想吃什么？阿牛给您做。

他说，玉米饭。

玉米饭？我说玉米饭怎么做？我们家从来没吃过玉米饭，所以我不知道怎么做。

张权说，我来教你做，你赶紧烧火。张权在一堆旧东西里扒拉出一口铁锅，拿到天井的水龙头下面刷。等我把火生好，铁锅也稳稳当当地架在火灶上面。

火很旺，铁锅里的水很快就开了。张权两手捧着玉米粉往里洒，我拿着竹子做成的搅粥棒不停地搅，玉米粉越放越多，锅里的粥由稀变稠，最后稠得根本搅不动。张权从我手里拿过搅粥棒，上下翻动，一股香甜的味道扑鼻而来。张权盖上锅盖,从火灶里取出两根燃烧的柴火,火变小了,锅里漫出的水汽越来越香。这就是玉米饭。

张权说,当年,玉米饭可是很久才吃得起的东西,一年到头,也就几餐。他如果不把你当阿牛,他是不会喊煮玉米饭的。

原来如此,他真的把我当阿牛了,他把今天当成个重要的日子来对待。对我来说,玉米饭是一种新鲜的食物,但对已经死去的阿牛,那可是天下难得的美味。

做好饭,我给邱一声舀了一碗,给张权舀了一碗,我自己也舀了一碗,回到饭桌前,看见邱一声用两手抓碗里的玉米饭,捏成一个饭团,正觉得奇怪,邱一声把饭团递给我。吃啊,他说。

我没有接。吃啊,阿牛。他又重复了一遍。

我接过来,啃了一小口,又放回他碗里。嘴里说,好吃好吃,心里本能地抗拒他那只手递过来的饭团,因为上面有龟的甲。

邱一声不干,又捡起来递给我。张权说,吃吧,你不吃,他是不会吃的。又小声地说,当年阿牛就是这样啃,还到处在街上炫耀。他是完完全全把我当成阿牛了,可我依然把他当成邱一声。

我硬着头皮把那团玉米饭啃完。邱一声脸上才露出满意的笑容。我把那碗饭推到他面前,他又拿起来捏成一团,再一次递给我。我拍拍我的肚子,说,我吃饱了,你吃吧。他这才掰一小块放进嘴里,又掰一小块放进嘴里,像一个老狒狒,在小狒狒吃饱之后才放心地进食。我短暂地想起我的爸爸，在我的印象里，虽然他几乎没怎么管他的儿子，但是他拼命地挣钱，让他的儿子衣食无忧。他也是个老狒狒。我弟现在像他。这是他们的命。我突然担心我弟，想劝他不要太疯狂，我退到一边给我弟打电话。我弟正在训他的手下，他一边训他的手下，一边跟我通电话。

你们想要我的命是不是！这是跟手下说的。

你怎么样，怎么想到要打电话给我？这是跟我说的。

三天之内，一定要把人招齐，没有人，我们所有的事都是白忙！这是对他们说的。大概他的新矿井招不到人，在跟他们发火。

忙完这段，我带妈去欧洲旅游，你也一起去。他跟我说。

拿钱砸！每个人先发一万，存在卡里，密码由他们设，卡和身份证你们管好，干满两个月，身份证和卡发给他们。

我弟也不容易，现在挖矿，比我爸那时候挖矿难多了。

我不管这些，我说，弟，我现在在邱一声家。

都听到没有？如果这样的条件还招不到人，你们就是猪！你在邱一声家做什么？他说。

照顾他十天。以前都是给钱，现在来照顾照顾他。我说。

我们从野马镇来到这里，每个人都脱了一层皮，这一关过去，共产主义！这一关过不去，统统完蛋！他说。

你怎么想到这一出，干脆过来帮我照顾妈，有时候她说起你和爸爸，会流眼泪。他说。也是闲着无事，我就是想待在这里，告诉你一件好玩的事，邱一声把我当成他儿子阿牛，死了二十几年的阿牛。我说。

陈耀、老马、老枪、继民，每个人找二十人，不管什么人，亲戚朋友，就是乞丐，也要三天内给我拉过来，其他人每人负责十人，我一百万人头费都准备好了，现在去找大头领钱。他说。

他这是老糊涂了，他这是想儿子了，你这是在跟他玩过家家，我弟说。大概他的手下都找大头拿钱去了，他有充足的时间跟我讲话，这个时候他反而不想跟我讲了。你打电话的目的就是为了告诉我邱一声把你当儿子了？

我说是，这大概是野马镇第一回有这样的事吧，让我赶上了。

你悠着点，不要出什么事，我弟最后说。

你也小心点，不要出什么事，我说。我再出什么事都是小事，我弟出什么事，都会是大事。

知道了，我不会像爸那样的，他说。

跟我弟通了一个电话之后，我的心情平静了很多，跟他说邱一声把我当成他儿子阿牛之后，照顾邱一声就成了一件已经跟人许诺后必须要做好的事情。这种感觉非常的奇怪。好像是为了我弟弟，我必须做好这件事情一样。其实我弟跟这事一点关系都没有。他在云南，还非常疯狂。

我回到饭桌边，拿一张毛巾给邱一声擦嘴。

他说，烧水。

我一怔，烧水？

张权说，他想洗澡，他给你捏饭团，你帮他洗澡，以前他们两父子经常这样干。我想起小时候在河边看见邱一声和阿牛互相搓背的情景，邱一声真的又回到了从前。

天那么冷，行吗？我说。

他怎么说你就怎么做，不然他会闹。张权回答。

我往灶台上架上烧水的锅。水烧热后，把家中所有的门都关严了，还在天井旁边燃了一堆炭火，这样，给邱一声洗澡时，他不会觉得冷。

先洗头，厚厚的衣服仍然穿在身上，邱一声坐在小凳子上低着头，我试了试水温，刚合适。往他头上淋水，在手上抹香皂，轻轻搓他的头。他的头轻轻晃动，服服帖帖。洗好头，擦干，赶紧给他套上帽子。

我一件件帮他脱衣裤。满身皱纹，被水蒸气包裹，我的手在上面搓，像搓湿了的干草，家里热气腾腾，我一面搓，他一面说好。我这是第一次给别人洗澡，以前看见有人给婴儿洗澡，我很担心，万一被水噎着了怎么办。

给邱一声穿上干净的衣服，午后的太阳光穿过天井，打在他身上。这冬天的暖阳，如果放到章回小说里，预示着重要人物将要出场。阳光下的邱一声满面红光，像身怀绝技的帮主。

张权说，他今天很舒服嘛。

我很得意，感觉在照顾邱一声方面，自己比野马镇的人做的都要多。

算是安顿下来，张权放心地离开。临走时他说，你们父子两人久别重逢，好好聚一聚，我干活去了。又单独对我说，记住，你现在是阿牛。

阿牛就阿牛吧。

阿牛，邱一声喊。

我应了一声。

你不会走吧？他说。

不走，这里是我家。我是阿牛。

我七十了，阿牛。他说。

邱一声还停留在阿牛死去的岁月。我在脑中飞快地搜索有关阿牛的点点滴滴：他拿着饭团在大街上走，他在河边帮他爸爸搓背，有点痴呆，谁拿他开心他都不生气。我试图跟阿牛对上暗号，发现自己对阿牛知之甚少。

灯，点灯。邱一声说。

点灯。灯不是亮着吗。荧光灯发着惨白的光，照着两个孤单的人。是的，孤单，在邱一声家，我突然感到前所未有的孤单。不只是孤单，我还感到害怕，因为不管怎么样，我现在是以一个死人的身份活着。

冷风从天井上刮下来，远处有狗在叫，风声和狗叫声以前我是不理会的，但是这个夜晚，我觉得这些声音非常的刺耳。

灯，点灯。邱一声又说。

你看不见我吗？灯那么亮。老爹。

你说什么？

哦，爸爸。灯不是亮着吗？我说。我虽然叫他爸爸，但是我感觉我跟他隔着万水千山。

他拿起身边的拐棍，朝神台指。野马镇的每一户人家都有一个神台，逢年过节烧香给祖宗。哦，原来他叫我点煤油灯。

我走到神台拿过煤油灯，划上火柴点上。

关，关。他指着荧光灯。

"啪嗒"，我关掉荧光灯，邱一声家的夜晚被煤油灯微弱的光撑开，顿时，一所古怪的房子，住着两个古怪的人。

我知道他为什么这样做了，煤油灯肯定是他找回以前的又一个重要道具，煤油灯时代已经过去很久了，大概邱一声认为这样的光亮才适合与儿子阿牛重逢吧。

果然，他说，阿牛，我又看见你了。来，你来。

我走过去。

烤火，烤火。

我把火盆拉到他身边，一个竹笼罩住火盆，一张破布罩在竹笼上，罩着我们的半身，所有的热气都跑不掉了，我们的身体热气腾腾。他在破布下拉我的手。我的手本能地躲他的手，没有躲开，被他死死握住。这个时候，我突然想起我爸爸。小时候，我最享受的是冬天的时候跟我爸爸在火盆边烤火了。后来很突然地，我老是见不到我爸爸，我曾经跟我妈妈抱怨说爸爸是不是不爱我们。那时候我刚喜欢看书，只有喜欢看书的人才会那样问。野马镇其他的孩子，想爸爸时就会哭。

你怎么说走就走呢？也不等等我。他说。这是对他儿子阿牛说的。

我该怎么回答呢，我和他隔着万水千山。我不知道阿牛如果真的出现在他面前该怎么跟他说话。

我说，我没有去哪里啊，爸爸，我现在不是跟你烤火吗。

我七十了，我怕我照顾不了你啊。他说，眼睛突然闪亮起来。我用手抹他的眼睛。我的手湿漉漉的。原来他哭是怕自己年岁太高照顾不了他的儿子阿牛。我的眼眶一下子就发热了。我想起我爸被枪毙前我们去看他的情景，他双眼紧闭，一句话都没有跟我们说。当时我妈一个劲地跟他说，再看一看你的两个仔，他毫不理会。当时我想，我爸真是铁石心肠啊。临死前都不看一眼他的儿子。其实天下的父亲都是一样的，我突然就理解了我爸爸，他未必不爱我们，他紧闭的双眼下面肯定有浓重的不舍。他是怕我们看见啊。这么一想，我的眼泪也流下来了。

我七十了，我是怕我照顾不了你啊。他又说了一遍。他的话把我拉回来。我想，多年以前他和阿牛肯定有这么一个夜晚、这么一场对话，这个夜晚我要做的是努力当好他的儿子阿牛。

爸爸，现在是我来照顾你啊。我说。

照顾我，照顾我……邱一声哭了起来。是我把你推下河，是我把你推下河。他边哭边念叨。我一下子就慌了。

爸爸，你不要哭，你不要哭。他哭得多么伤心啊！

我想还原多年前父子俩之间到底都说了些什么，看来是不可能了。现在是父子重逢啊。我心里想如果我真的是阿牛现在我该怎么办呢。

我突然有一个念头，他既然把我当成他的儿子阿牛，那我干脆就把他当成我的爸爸李永强，我在倾听的同时，大声地跟我爸爸说话。今夜不是一对父子重逢，是两对父子相聚。要不然我真的不知道怎么办才好。

他说，阿牛，这场雨真大呀，河水满了没有，你怎么去这么久才回来。

我说，爸呀，弟弟在云南，他过得很好，妈去那边跟他，天天吃野生菌，头发变黑了。

他说，阿牛，你不相信我能照顾你，我是能照顾你的，现在不行了，我七十了。

我说，爸爸，你也不要担心我，我还有好多好多钱，只要有钱，什么都不怕。

他说，他们，他们，对我不好，我天天都在想你啊。

我说，爸爸，野马镇以前很多人恨你，现在他们不恨你了。你就放心吧。

他说，也有好的，张权，阿锦，阿亮，是我的好朋友，你可以相信他们。

我说，爸爸，我现在又多了一个爸爸，他是邱老爹，我来照顾他，他把我当成他的儿子阿牛了。

他说，阿牛，野马镇天冷了，你在水里冷不冷啊。

我说，爸爸，我现在就在他家里，跟他一起烤火呢。

他说，阿牛，你的衣服在楼上的箱子里，放了臭珠（防虫用的白色樟脑丸，野马镇称为臭珠，作者注），虫不会咬的。

我说，爸爸，今天我给他洗澡了，还煮了玉米饭，玉米饭很香，下次上坟，我拿去供你。

他说，阿牛，以后有什么事，你要靠自己了。说完这句话，邱一声又拿手来摸我的脸。

我说，爸爸，他现在拿手摸我的脸呢。

他说，有太阳也要靠自己。

我说，爸爸，邱老爹说有太阳也要靠自己。

他说，下雨也要靠自己。

爸爸，邱老爹说下雨也要靠自己。

他说，什么都要靠自己。

我说，爸爸，邱老爹说什么都要靠自己。

他说，死也要靠自己。

我说，爸爸，邱老爹说死也要靠自己，爸爸，你死前为什么不看我一眼啊，为什么。我突然就哭出声来，不知不觉就往邱一声身上靠……

这一晚，我跟邱一声睡在一张床上，我辗转反侧，他很安静地睡着了。

第二天一早醒来。我一看身边没人，赶紧下床去找邱一声，借着透过屋子的晨光，我看见一个人影吊在横梁上——啊！我大吃一惊。是邱一声。我以为自己在做梦，用头狠狠撞墙，疼痛难忍。啊——我惨叫，去托他的腿。

张权！张权！出大事了。我下意识地喊。我一手托邱一声的身体，一手摸手机，打给董志国：快叫张权，出大事了！喊过之后，我感觉魂魄离我而去，所有的一切都变得恍恍惚惚。

恍恍惚惚中，很多人漂到邱一声家里，我很快被人掀翻在地，他们一上来就撕扯我。恍恍惚惚中，我看见一部分人料理邱一声的后事，他们是张权、董志国、蓝伏龙，阿明、阿卫、阿三三兄弟。一部分人撕扯我，阿锦、阿亮、阿珍以及野马镇的三姑六婆。两拨人都在哭喊。好像这个屋子死了两个人。我清醒过来，大喊道，你们不要怪我呀。同时拨开人群，冲到邱一声的身边：我冤枉啊，我冤枉啊，昨天你把我当成你的儿子阿牛，你怎么这样对待阿牛呢……

阿锦说，你本来就不该来，你本来就不该来嘛。

阿亮直接就翻译了阿锦话里面的话：你家那么多条人命，

你杀气重啊。那么多人那么多天照顾他,他都好好的,你一来,他就上吊了,这么高的地方,他这么吊得上去。

他怎么吊得上去,地上横着一架楼梯,他是踩着楼梯上去的。

没有照顾好邱一声,我成了野马镇的罪人,阿亮扯着我的衣领,往邱一声家的门外拉。没有一个人拦他。

回到家里,我看着横梁上我画上去的九十五道杠杠,它们的颜色深浅几乎一样,我哭了起来,感觉我们家又多了一条人命。

我打电话给我弟,我弟说,你赶紧来云南吧,野马镇你是待不下了。

我收拾好行李,好几个大包包,我们家以前的司机方老虎很快开车来到我家门前,他帮我把那些大包包装上车。后来我想,这些包包我也不要了,因为它们带着野马镇浓浓的气息。带上它们会非常的不吉利。我叫方老虎一个一个把它们卸下来,除了带上我爸给我的银行卡,我什么都不带。我想我再也不回来了。

正要走,张权来了,身上披着重孝。看到我要走,他说,你怎么就走了?他一直在忙邱一声的后事,没有时间理睬我的委屈。听方老虎说,他们后天安葬邱一声。大概准备得差不多了,张权有空来找我了。

阿牛,不给你爸送葬就走了,这样做不对啊。

他这么一说我生气了。我是李谦,不是阿牛,老爹的死不能怪我。我说

他死前,可是把你当成阿牛的哦,张权说。

这我管不了。我说。

我回忆昨天晚上的点点滴滴，突然记起邱一声说的，死也要靠自己。头皮一阵发麻。原来他早就想这么做了。

我把昨天晚上的情形说给张权听。听完后张权摇摇头，说，这父子俩，真是天生的一对。他边说边从口袋里摸出一个小布袋子，从小布袋子里倒出一些硬币。叮叮当当掉在地上的硬币看起来不超过一元。最后一张纸条飘了出来，我捡起来一看，歪歪扭扭的几个字：帮我照顾我爸爸。

张权说，这是阿牛当年写的，把小布袋扔到我家院子里，就去跳河了，他怕自己成为他爸爸的累赘，这么多年来，我还是第一次告诉别人。

我脑袋嗡的一声。脑子里浮现阿牛迟缓的身影，他一个接一个把硬币塞入小布袋里，然后迟缓地来到张权家门口，用尽力气把布袋投入张权家的院子，又迟缓地走向河边……接下来是邱一声，他半夜越过我的身子，吃力地拄着拐棍走向那架梯子，对他来说，那是走向天国的最后一级台阶。他们父子俩的身影在我眼前重合。

我轻轻地念叨，他以为阿牛回来了，他也可以死了，这个老爹。

是的。张权说。

后来我没有离开野马镇。我作为邱一声的孝子阿牛，披麻戴孝，走在送葬队伍的前头。邱一声的坟墓，重重地立着一块碑：

慈父邱一声之墓　　儿子阿牛立

一团金子

一

"结账!"万江站在门口,抖动手中的单子。单子只有巴掌大,是半张学生写字簿,却被万江抖出百元大钞的响声。

这是万江讲的最后一句话,如果刘成国胡秀云两公婆仍然无动于衷,万江身边的韦坤和黄强就要动手了。来之前,他们三个人商量,如果动手的话,大件的东西他们不要,直接去翻刘成国家的保险柜,刘成国家有一团金子——现在金子比钱还值钱。黄强的口袋里塞有一张准备用来包金子的红布——包金子得用红布，包金子如果不用红布，金子就会变成银子，搞不好会变成铜。

刘成国和胡秀云蹲在那里，面孔朝地，像两个犯了男女关系的人被拿了现场那样，他们的脚下，六合彩的资料洒落一地。这几个星期以来，两公婆疯了似的报单买六合彩，不仅跟万江买，还跟孟桂林、农丽娟买，几千几千地买。开始万江不敢接他的单，怕他到时结不了账，收不到钱他不好向老板向清交代，他对他们说："要买就买少点，输也不会输多少，细水长流嘛。"刘成国不干，他对万江说："你怕什么？我家有一团金子，那团金子值多少钱，我就买多少单。"这样的话他也跟孟桂林、农丽娟讲了，讲啊讲啊，就变成了现在这个样子。

万江讲完最后一句话，刘成国和胡秀云什么反应也没有，看来他们已做好倾家荡产的准备。万江、孟桂林、农丽娟催他们还钱催了好几次了，两公婆知道躲是躲不过去的，不是万江来扫荡，就是孟桂林或者是农丽娟来扫荡。刘成国和胡秀云从心里希望是万江来扫，万江的爸爸万天和刘成国是老同（同年同月同日生），他来扫有可能手下留情，如果是孟桂林来扫，拿东西不算，还要打人。孟桂林经常说："只要我有道理，我就会打人。"听说有派出所的人给他撑腰，他去收单都提着一根警棍。农丽娟就更不用说了，她不仅会拿东西和打人，要命的是她还骂人，什么七丑八陋的她都骂得出口，只要是黄村的人，都会有几件丑陋的事。农丽娟一面收单，一面让这些丑陋的事在自己的脑子里发酵，在需要的时候亮出来，让人无地自容。所以在黄村，你可以欠万江的债，也可以欠孟桂林的债，但是农丽娟的债你最好不要欠，如果你欠，你就死定了。

还好，来扫荡的是万江。刘成国和胡秀云虽然低着头，但心里不是那么害怕。他们眼里的余光漫向两边的家具——家具是不少，如果用车拉可能要拉两车，但是值不了多少钱，肯定不够万江要，现在他们已经不去想那些家具了，他们早就不去想那些家具了，那些家具真的没什么可留恋的。

"金子，你的金子在哪里？"韦坤和黄强几乎同时说道。

整个黄村的人都相信刘成国家有一团金子。刘成国年轻的时候曾在黄金部队服役，他在部队学会了炼金子的本领，复员时只是在黄村闪了一下就不见了，一去就是几年，当他回来时所有的迹象都表明他是一个有金子的人：轻轻松松就起了新房，讨了老婆，生了孩子，还给父母养老送终——这几件事每一件都要花大钱，如果没有几团金子，这些事情在黄村你根本就做不到。有人看见他家有一个保险柜。村主任家都没有保险柜，他要保险柜来干什么？自己想想吧。

现在韦坤和黄强逼刘成国交出金子。刘成国一共跟万江报了五万块钱的六合彩。他的那团金子，可能就值这么多钱。

两公婆仍然不作声，好像这个家已经跟他们没什么关系，他们的脑子里满是任人宰割的念头。

一直站在门口的万江料到刘成国胡秀云肯定会来这么一手，他二话没说，带着韦坤和黄强就进了刘成国和胡秀云的房间。韦坤很聪明，他没有忘记将刘成国家的大门关上，他怕刘成国家的门口很快会站满看热闹的人，影响他们干事情。大门一关，刘成国家就暗了下来，韦坤知道刘成国家的每一个电灯开关在哪里，他像拉开自己家的灯一样将刘成国家所有的灯都拉亮了，家里顿时亮堂起来。

他们先在房间找。他们很容易就看见床下的保险柜，保险柜的油漆脱落得差不多了，褐色多过绿色，手一粘上去潮乎乎的。三个人好不容易将保险柜从床下拉出来，抬到刘成国和胡秀云的面前，左右摇晃，他们想听到金子撞击柜子的声音，但是他们什么也没有听到。他们又摇了几下，仍然如此。

"钥匙，钥匙呢？"万江喊道。

刘成国第一次将头抬起来，他的脸被自己家的灯光照得惨白惨白，以前他的脸是没有皱纹的，到哪里都是面色红润，像喝了药酒一样，现在不行了。

"万江，要拉东西你就快点拉。"刘成国苦笑着对万江说，意思是要万江不要把注意力放在这个破败的保险柜上面，那里面什么东西都没有。

"钥匙，钥匙呢？"万江仍不死心。这个传说中的保险柜不至于什么都没有吧？

"我没有金子。"刘成国说。

"你他妈骗人。"万江不顾刘成国和自己的父亲万天是老同，骂了他一句。

"你到底有没有金子？"黄强说，他用脚踢了一下保险柜，保险柜没事，他反而后退了一步。

"前几天我说我有金子是骗你的，现在我说我没有金子是真的。我的金子早就用完喽。"刘成国进一步解释：他的金子早就用完了，十年前，他父亲的丧事办完之后，他的金子就没有了。那场盛大的丧事在黄村前所未有，全村人在一起吃饭吃了七天，吃了七头猪。那时万江、韦坤、黄强还是小孩，他们是众多来刘成国家吃饭的人中的三个，吃得满脸是油。

"没有钱你买什么六合彩，你想要我的命啊。"万江喊道，他总喜欢喊，哪怕是说一件很小的事他也喊，好像不喊就说不清楚似的。他二十岁，韦坤、黄强十八岁。他们帮向清收单，吃10%的"水钱"，所谓水钱就是提成。本来当初万江不想接刘成国的单，但是这10%的水钱很有诱惑力，五万块钱他就能拿到五千块，他心里虽然迟疑一下最后还是接了。如果他收不到这五万块钱，这钱就变成他欠向清的了，向清不会来跟刘成国要，只懂得跟他要。向清的码头在县城，他是野鸭帮的头。

万江急了。原来刘成国在骗他，想空手套白狼，五万块六合彩如果全中的话他会赢两百万。刘成国啊刘成国，你的胃口也太大了，拿我来帮你炼金子，帮你发家致富，而我不明不白就欠向清的五万块钱。万江全身滚烫。韦坤和黄强想上去踢刘成国，脚都抬起来了却被万江拉住。刘成国是他爸的老同，小时候经常给糖给他吃，万江脑子里还留有一些关于他的好印象，是这种好印象使他拦住韦坤和黄强的飞腿。踢他就是踢他爸，万江突然有这样的感觉。一时间他不知道怎么办才好。

"你先把柜子打开给我们看。"黄强还报有一点希望。黄强以前是小偷，他当小偷的时候曾经打过刘成国家保险柜的主意，不过他的手很笨，他连一个普通的锁都打不开，经常因为开不了锁而功亏一篑，后来他觉得自己不是那块料，一气之下改行跟万江收单。他不相信刘成国的话,他一直认为刘成国有金子,眼前的他是装的,他装得也太像了。他口袋里的那张红布可不能白带。

刘成国对胡秀云说:"快把钥匙拿来。"

胡秀云站起来,到房间里去翻,一阵响声过后她出来了,将一把生锈的钥匙交给黄强。黄强拿着钥匙对着柜子一阵乱捅,"啪嗒"一声,开了,里面什么都没有。

"万江,对不起你了。"刘成国说。

"说对不起就完了,你得想办法还钱啊,不是五百,也不是五千,是五万!"万江再次抖动手中的单子,五万块钱不是小数目,如果不及时打给向清,向清的野鸭帮就会扑向他家,他家就会鸡飞狗跳。黄强和韦坤都在看他,都什么时候了,万江脑里还有关于刘成国的好印象。他也太讲情面了,钱的事可不能讲情面。

"刘成国!刘成国!"这时候有人在门外喊。是孟桂林。他肯定也是来收账的。他来收账就不像万江这样温柔了,万江曾经看见他将欠他五百块钱的唐东的两颗门牙打落在地。他和万江一样,也是帮向清收单,吃10%的水钱。农丽娟也是。

万江吃了一惊,之前他不知道刘成国同时也跟孟桂林买六合彩:"你也跟孟桂林买了?"

这时候刘成国已经从地上站起来,朝万江点头。

"农丽娟呢?"

刘成国还是点头。

万江无奈地笑了:"你得了神经病了,同时跟三个人买,你没有救了,房子都不够他们要,不要说东西。"万江摇头。

刘成国太奇怪了，他想钱想疯了，假如他跟万江、孟桂林、农丽娟买的单全中了，向清也不会有几百万给他，向清就会派他的野鸭帮来跟他说，要钱还是要命？

刘成国绕着自己家吃饭的桌子转了两圈，嘴唇哆嗦，就像一个病人。最后他停在万江的面前："万江，你说怎么办？"万江一愣，刘成国竟向他求助。他没把他当成追债的，而是把他当成来帮忙的。万江有些混乱。

"刘成国，开门！"孟桂林在门外喊，敲门声和喊声一样响亮。

万江想估计现在门外已站了很多人，如果农丽娟再来，那就更热闹了。万江不想看见他们两个人，他讨厌他们，除了咋咋呼呼，搬别人的东西之外，他们不会再想出什么追债的好办法。万江不想让更多的人看见他跟他们在一起，虽然都是替向清收单，但是他们三个井水不犯河水，各人有各人的范围，跟万江买六合彩的多是年轻人，跟孟桂林买的多是五十岁以上的人，跟农丽娟买的多是女人，万江不想跟中老年人打交道，他嫌他们啰唆，女人就更不用说了，输几个钱她们会围着你叽叽喳喳地说上半天。活该万江倒霉，他鬼使神差竟接了刘成国的单，这一接就有麻烦了。万江想还是先走为好，以后再想办法。

"我也不知道怎么办，全村人的胆加起来都比不了你一个人的胆大，你还问我怎么办，明天向清来跟我要五万块钱，我还想问你我该怎么办呢，你说，我该怎么办？"说完万江带着韦坤和黄强向后门走去。他不想从前门出去，他不想见到孟桂林。

这时候,万江的手一冷,胡秀云拉住了他。

胡秀云的脸同样被自己家的灯光照得惨白。这个外地女人,当年和刘成国一起炼金子炼成了夫妻,她有着本地女人所没有的漂亮的容貌和善良的胸怀,当年她嫁到黄村的时候立刻成了黄村最引人注目的女人。她很温和,不管对谁,都是一副笑脸,谁家有什么需要帮忙的事,她都是第一时间赶到。她的美貌和善良使人心动,让人觉得生活在黄村其实也是一件不错的事情。很多人都做过有关她的温暖的梦,就连当年像万江一样的小孩也不例外。

现在,胡秀云和黄村的任何一个女人没有什么差别:一张惨白的面孔,两颗绝望的眼珠。一点看不出当年和刘成国一起炼金子时的模样。她拉着万江的手,说:

"万江,刘远出事了。"

刘远是她和刘成国的儿子,在南宁的一所职业学校学电工,是一个很老实的青年。每次放假回来,他都来找万江,叫他不要再帮向清收单了,收单收不了一辈子,还是出去学点技术,找个正当的活干。他经常拿他爸刘成国来举例,他说他爸二十岁的时候就会炼金子了,他们不应该比他差。开始的时候刘远并不想去南宁学电工,原因是要花很多钱,他跟刘成国说,他不想去南宁,他想在村里跟张勇学电焊技术,现在起楼房的人多,张勇焊铁栏杆,一年四季都没闲着。但是刘成国没答应,刘成国看不起张勇。张勇比较好色,喜欢打别人老婆的主意,每隔一段时间就会闹出一些风波,不是这里被打一拳就是那里被踢一脚,一年四季身上都有伤疤,当他的徒弟有点不光彩,刘成国怕刘远跟他学坏了,所以就没有答应，而是叫他去南宁。

说到刘远，万江不得不停了下来。他跟刘远关系不错，他们两家的父亲"打老同"，小孩之间来往自然就密切，他喜欢刘远胜过喜欢刘成国，他那么老实，像一个姑娘一样，他出事了自然得停下来听一听到底发生了什么？

"出了什么事？"他说。

"刘远在南宁打人，把人打瘫痪，要用大钱了。"刘成国哭了起来。声音压得很低，像在被子底下哭。

万江开始不相信，他不相信刘远有那么狠，黄村喜欢打架的青年很多，但不会有人一巴掌将人打成残废的，他妈的，早知道他那么狠，就劝他不去学什么电工，而是来跟他收单，这样的话他就没有眼下的麻烦了，刘成国、胡秀云也不用那么操心了，即使没有金子也一样生活得很好，就像他爸万天一样，一点都不担心他（他妈的，可能从今天起他爸得担心他了，五万块钱，向清不会放过他的）。

孟桂林还在门外恶喊。看见万江没有什么反应，刘成国只好去开门。门开了，孟桂林一见刘成国劈头就是一顿骂，骂他这么久才开门，敲门敲得他手都疼了。很快他就看见万江和黄强、韦坤站在那里，他一下子明白万江也是来追债的，他想他的钱肯定是要不到了，他的狠劲很快就看不见了，他几乎要哭起来，看起来他比刘成国还着急，他在刘成国家里喘气，失望得不得了。他手里没有传说中的警棍，面目也没有想象中的那么凶，看起来还有几分可怜。

家中突然安静起来，五个男人一个女人，都在想钱的事。

趁着家中安静，刘成国又把刘远的事说了一遍，自己又哭了一回，哭得万江和孟桂林摇摆不定，一下子觉得刘远的事比自己的五万块钱大，一下子又觉得自己的五万块钱比刘远的事大，但是到最后他们都觉得刘远的事和自己的五万块钱一样大。孟桂林说："这样吧，我也不逼你，但是我也得跟向清交代，你打一张欠条给我。"

看来也只有这样了，刘成国叫胡秀云找来纸和笔，他给孟桂林写了一张欠条，欠条这样写：今欠孟桂林人民币五万元整（50000元整）。刘成国写上自己的名字，想了想又叫胡秀云也签上名字。孟桂林收起欠条就走了，临走对刘成国说："成国，如果向清跟我过不去，到时候我跟你过不去你就不要怪我了。"

孟桂林走后，刘成国又写了一张欠条给万江，他说："万江，我也写一张给你吧。"万江扫了一眼刘成国家的家具，说："写有什么用，写了你就能还吗？你现在写欠我一百万都没用。"万江走了。要出门的时候他还想说些什么，但是他最后没说。一出门，他就把刘成国写给他的欠条撕了，风一吹，欠条的碎片又飞回了刘成国的家。

万江带着黄强和韦坤走在黄村的石板路上，一辆小四轮从他们身边呼啸而过，农丽娟坐在上面，像骑着马一样不停地抖动，看来她是去刘成国家拉东西了，除了拉东西她不会想出其他什么办法。拖拉机的声音很快就听不见了，在一股灰尘之中，万江想，对刘成国这种人，除了拉东西还真的没有什么办法。但是想了想，万江心里说，他是我爸的老同，他家的东西我不能拉。

夜晚的时候，万江听黄强讲，农丽娟到刘成国家拉东西时，刘成国也把刘远在南宁将人打成残废的事说给她听，她不管不顾，该拣什么就拣什么，但是回去以后，她想了半天，又将刘成国家的东西全部还回去了，就连一张凳子她都没有留下。

二

刘远喜欢的女孩叫方小华，四川自贡人，她在刘远他们学校旁边的一家川菜馆当服务员。她的脸红扑扑的，笑容很好，跟当初刘远的妈妈胡秀云一样。就是因为她对人的态度跟胡秀云一样好，才引起刘远的注意。吃饭时间没到，客人还没来，川菜馆的服务员在做营业前的准备，菜馆地方不大，她们就拉了根水管到菜馆门前洗菜，边洗边看过路的行人。刘远就是行人中的一个。方小华喜欢南宁，准确点讲方小华喜欢川菜馆所在的这条街道，她来的时候是冬天的晚上，这条街竟然飘着玉兰花的香味，他们告诉她，这条街上有几棵四季玉兰，只要天气暖和，树木就不停地开花。香味使方小华想起老家的夏天，她们几个姐妹到山上摘新鲜的玉兰花，然后拿到公路边，等过路的小车停下来，五毛钱一朵卖给车上的人。每次她们的玉兰花都不够卖，每次方小华都会为自己留下几朵，她要拿回家放在瓶子里，让家里的味道变一变。方小华来到南宁后没去哪里，她在这个饭馆洗菜洗碗端菜扫地，一干就是半年。这半年，她认识很多学生，其中就包括刘远。

刘远喜欢方小华的另一个原因是因为她在门口洗菜的时候两缕头发遮住眼睛,她将头发捋到耳边,很像刘远的妈妈胡秀云砍猪菜时的模样,他的心扑突扑突乱跳。在宿舍里,同学们议论那些服务员谁长得怎么样谁长得怎么样,他们谁喜欢谁,谁喜欢谁。他们问刘远,你喜欢谁?刘远说:"方小华。"

他就去约她。星期六的下午,刘远到街道尽头的电话超市里等方小华。方小华每个星期六都会去那里给家里打电话。说是超市,其实就是一个不大的门脸,十几部电话摆在桌子上,电话之间打上木板隔子,人多的时候,十几个人同时讲各种各样的方言,热闹得很。刘远来的时候一个人也没有。为了不让守电话的阿姨看出他在等人,就假装拨电话,就假装怎么拨都拨不通,之后就笑着对阿姨说:"拨不通,再等等。"阿姨说:"没事的,等吧。"就等来了方小华。方小华身上还有油烟的味道,一进来就说"热死了"。阿姨"吧嗒"摁了吊扇的开关,小屋卷起凉风。方小华看见刘远在那里,笑了笑,说:"你也来打电话。"刘远有点发懵,连连点头,胡乱拨号,不小心拨通了一个电话,没等对方接听他就啪嗒放下了,声音很大,这样一来,阿姨就看出了名堂。阿姨笑着说:"要说什么就当面说,假装打什么电话。"方小华就知道刘远想干什么了。她对这个腼腆的男孩印象很好,也盼着能经常见到他。方小华表面看不出有什么反应,手下的号码却乱成一团。

就好上了。那个电话超市成了他们经常见面的地方。这要感谢那个南宁的阿姨,她慈眉善目,对每个来打电话的人都非常客气。她对刘远和方小华来她这里谈恋爱一点意见都没有。她看着两个年轻人各站在一部电话机前,说着悄悄话,她就觉得自己做了一件好事。刘远和方小华其实也没谈什么,他们只是各人谈各人家里面的事。

刘远讲他爸和他妈以前在青海炼金子,他们家以前是有金子的,但是他们遇到的事情太多了,一遇到事情,他家的金子就会少一点,最后金子全没了。现在,他们家就看他了,他来南宁学电工,就是为了学一门能干三十年以上的手艺,他爸说,一门手艺如果能干上三十年,那么一个人甚至一家人这一辈子就不用愁,他爸还后悔当初只学了一门炼金子的手艺,那几乎是一门拿命去博的手艺,干不了多久就干不下去了。刘远说他爸很幸运,炼到了能对付很多事情的金子,还带回了他妈妈,一个好女人。刘远还说他跟他爸有点相同,一学手艺,就碰到好女人。刘远记得他爸曾经告诉他,炼金子的药水味道非常难闻,他妈就是保管药水的人,每次去领药水,谁都不愿意,因为多闻一下就要短命,他爸喜欢他妈,就觉得短命一点也不要紧,每天都去,后来两个人就好上了,他爸说,只要你闻过那种药水的气味,天底下就没有什么气味不能闻了。他连这些也跟方小华说了。他说有一次他看见他爸和他妈吃剩下的饭和菜,那是已经馊得不得了的饭和菜,刘远问他们已经这么馊了还吃?他爸说,哪里馊,不是好好的吗?刘远觉得肯定是当初炼金子把他们的鼻黏膜都烧坏了。

方小华就感慨,两个老人真的不容易。她就喜欢上了刘远的爸爸和妈妈,她叫刘远拿他们的照片给她看,刘远说:"我没有带我爸我妈的照片来,他们说我长得像我爸,也长得像我妈,你看看我就知道我爸我妈长什么模样了。"刘远还说:"大概一百个人中才有一个既长得像爹又长得像娘。这是天生的,没有办法。"

方小华给刘远讲自贡,她说每到过节的时候,她们的村子,每家每户都扎花灯,然后全村的人都在花灯下演戏,分不清哪一个是演员,哪一个是观众,就连三岁的小孩也要唱上一段,热闹得很。方小华还说他们那个地方出演员,那些会演戏的小孩,说不准哪天就会变成大明星。刘远说那你也会演戏了?方小华说不会,她是他们村唯一不会唱戏的女孩,因为小时候多病,自打她记事起,老在吃药,心思就不在演戏上面,错过了学演戏的时机,不过她喜欢看。刘远说我们那里早就不演戏了,都玩六合彩和"三攻"(一种赌博的方法)。

在阿姨的电话超市里,他们一个人说话,一个人听,如果说的是开心的事,两个人都很高兴,如果说的是不开心的事,两个人就沉默,往往一待就是一个下午,要走之前,不管有事没事,都要打一个电话,作为对阿姨的回报。

这些日子,刘远寝室的话题也都变了,随着同学们一个个都谈上恋爱,话题主要是女人,这跟以前大不相同,以前的话题主要是家里的困难,怎样才能赚大钱,等等,谈了恋爱之后,那些事情就暂时不去想了。谈女人的时候,每个人都眉飞色舞,一副营养充足的样子,但是第二天,南宁的太阳一照,他们依然是满脸菜色——就是谈恋爱也不能使他们红光满面,和他们谈恋爱的女孩,都来自偏远山区,刚刚瞪着一双好奇的眼睛看南宁,另一群山区小孩就闯进她们的世界，所以刘远的同学说："谈恋爱，好是好，但是总感觉是在村里谈一样，他妈的这里是南宁，这里是南宁啊！"

刘远也跟他们谈方小华，他的感觉跟他们不大一样，刘远说："我要跟方小华结婚，以前我学电工是为了我爸和我妈，现在再加上一个人，方小华。"刘远刚来南宁学电工的时候，在心里暗暗发誓，学成之后，别人装两个灯泡，他要争取装四个，多出来的两个是为他爸他妈装的。现在，有了方小华，别人装两个灯泡，他就要装五个了。

他们都笑他，你那么认真干什么，我们这帮人，迟早都要去广东装电，一年以后，谁还认识谁啊，整天看见你跟她在电话超市里说话，手都不见拉一下，这哪里得，今晚你把她带来宿舍，我们都出去，你先和她搞一搞再说。

说得刘远浑身燥热。他鼻子一热，鼻血就流出来了。他在同学们的笑声中冲进卫生间，用冷水拍打额头。那些血水就在他眼前飞溅。

前面说过，方小华很喜欢南宁，除了街道上那些常年开花的四季玉兰之外，她所遇到的人都很好，饭馆里的姐妹，电话超市的阿姨，职业学校的学生，就连老板阿力都是一团和气，对她们很关照。虽然有时有些客人会有不礼貌的举动让方小华难受，但方小华过后都能原谅他们。出门在外，每个人都不容易，有好些客人刚进来还是有说有笑，但是几杯酒下肚之后，就愁容满面，借着醉意伏在饭桌上号啕大哭。

每个人的命都一样。

她从自贡来南宁之前，曾到山上的尼姑庵求苗师太算出门的日子，苗师太打着瞌睡，没有给她算出门的日子，只说：

"去吧！孩子，日子无所谓好坏，人的命也无所谓好坏。"方小华久不久就会想起这句话。她不大明白苗师太为什么会这样讲，她想大概是师太让她尽管放心去，不要考虑其他，每个人的命都一样。于是方小华心里很踏实。

日子一天天过去，饭店里的姐妹们聚在一起时总喜欢讲以后的日子，她们很少谈新交的男友，而是谈以后她们应该怎么办，好像新交的男友跟她们以后的生活没有什么关系一样。他们问方小华："你有什么打算？"方小华说："我没有什么打算，我能有什么打算。"她们不信，老是追问，方小华不得不考虑自己的未来，想得脑壳发疼也想不出，脑子总是出现刘远的影子，到目前为止，跟她未来生活有关的唯一线索就是刘远。这是她跟她们不一样的地方。她不能跟她们说。

城市南边的南湖广场要建水幕电影，刘远的老师马波负责电线线路的安装，他将几个平时表现比较好的同学叫上，让他们长长见识。刘远和几个同学都不知道什么是水幕电影，他们问马波，马波其实也不怎么知道，他上面还有好几层的项目负责人，马波说："问那么多干什么？'水幕电影'四个字，你们只跟第三个字有关系，你们只负责把电给我接通就可以了，其他什么水幕的影子、火幕的影子跟你们一点关系也没有。"马波带领刘远他们进驻南湖广场，要走之前刘远跟方小华说："我们要去做水幕电影，做好了请你来看。"方小华从来不知道还有水幕电影这个新奇的玩意儿，就问刘远，刘远想起了村里那些瓦盖的房子，下大雨的时候屋檐的水几乎连成一片刷刷地往下洒，像一道帘子一样，他想水幕电影大概就是在这张水滴成的帘子上面放电影吧。他就跟方小华说了。方小华觉得很新鲜,在水帘子上放电影,这确实是一件很不简单的事情,她说:"到时我一定去看看。"刘远说:"不要到时才来,这段时间我就住在南湖广场,你要经常来,那里树很多,草很厚,在那里聊天比在电话超市聊天舒服,可以一直说个不停。"他们两个人在电话超市聊天的时候,一有人来打电话,他们就不得不停下来,而且还要装成来这里打电话老是打不通的样子。刘远想,那样的日子可能一去不复返了。

正是夏天的时候,水幕电影的工地被铁皮围成一个大大的圆圈,除了在这里干活的人,没有谁知道这个圆圈里面到底在干什么。白天是安装水管的工人在这里忙活,他们要让这些冰冷的钢管,喷出一道巨大的像纱纸一样轻薄的水幕,让南宁这个热力十足的城市的市民,看一些好戏在上面上演。晚上这里则是刘远他们的天下,他们的工作就是从配电房里,将电线从地下管道拉过去,接在密密麻麻大小不一的灯泡上。刘远他们大部分时间都待在地洞里,在马波的指导下辨认哪一根电线应该接在什么地方。除了专业上严格要求之外,马波还要求他们干活的时候要统一穿着技校的 T 恤衫,休息的时候让他们在灯光最亮的地方停留,白天不干活的时候也争取在工地上走来走去,他要让工地上的人都知道,他们学校的学生多么的牛 ×,还没毕业就参加水幕电影工程的建设。刘远他们很听话,很快就将学校的衣服穿旧了。

跟在课堂上不同,在工地上,马波放下老师的架子,跟他的学生谈女人。他先谈自己的女人,一个一个地谈,每谈一个他都掉一次眼泪。马波一共谈了五个女人，五个女人最后都走了。五个女人的故事马波一个晚上就说完了。"每一个姑娘都很美。"他说。这可能是他流眼泪的原因。同学们不好深究，在马波掉眼泪的时候有几个人还想笑，刘远从他们克制的表情看得出他们想笑。果真如此，马波走后几个人吭哧吭哧乱笑一气，他们从马波的爱情故事里听出了喜剧的效果。刘远很不理解，马波的爱情故事虽然很平淡，但是远远没有达到爆笑的程度。他想了想，同学们之所以发笑可能有两个原因，一是笑马波笨卵，五个女人一个都没留住，不是笨卵是什么？！二是大概他们从来没有见过说起女人就流眼泪的人，他们见过没有饭吃的人说自己怎么没饭吃，也见过没有衣穿的人说自己怎么没有衣穿，还见过没有房子住的人说自己怎么没有房子住，见到这样的人他们都觉得很惨，有时心里受不了，眼泪还吧嗒吧嗒地掉下来。但是他们从来没见过失恋了五次的人说自己怎么失恋，而且这个人还是自己的老师，所以他们就想笑。刘远想以后谈恋爱的事千万不要跟他们说，他可不想像他的老师马波那样被他们拿来笑，如果真的被他们拿来笑，他就会觉得自己谈恋爱谈得很荒唐。

后来马波让他们谈女人的时候，没有一个人敢谈。马波板着脸一个个将他们女朋友的名字都说出来，让他们吃惊不小，马波说："没有这点本事还当什么老师，像你们这样年纪的时候我都谈了两个了。"马波还指着自己的电单车说："从今天起它归你们使用，你们轮着把女朋友带来这里，南湖公园是整个南宁最好谈恋爱的地方。"他指着一棵棵枝繁叶茂的大树说："这些树很贵的，一棵顶一套房子甚至顶几套房子，靠在下面谈恋爱显得很富贵。"他这样关心他们，他们都觉得对不起他，大家都觉得他们笑他确实是一点道理都没有。但是他们却说："现在谁还在大树底下谈恋爱？直接进铁皮房！"

他们轮流用马波的电单车将女朋友驮来南湖公园。他们刚好七个人，所以星期一到星期天永远只有六个人跟马波干活，剩下的那个人则带着女朋友在南湖公园水幕电影工地的铁皮房里谈恋爱。当然这是在晚上，南湖公园所有的景观灯都亮了，这时候的南湖公园，就像黑白电视机里的风景变成彩色电视机里的风景那样，虽然有点假，但是看了让人舒服，所以这些在夜色中干活的年轻人，久不久就将头扭向铁皮房，很凑巧，铁皮房前面的草地上埋了几盏景观灯，景观灯就像舞台上的追光灯一样照亮了铁皮房，远远看去，铁皮房就像是舞台上的房子。这七个学生经常说："今晚轮到谁演出。"他们议论房间里的事情，连马波也管不了他们，只要他们不耽误干活，他们说什么马波都不会干涉，有时他还呵呵呵地笑。刘远总是在这个时候流鼻血，如果他用水拍打额头还止不住血的话，他就在鼻孔里塞树叶，他的鼻子里满是血和树叶的混合气息。

轮到刘远带方小华来铁皮房。这天是星期六，本来上个星期六就轮到他了，但是毛弟跟他说，他的女朋友要走了，走就是离开南宁，这辈子可能都不会再来了，他和她可能都算是永别了，所以他想跟她多待几晚。刘远同意了，他把铁皮房让给了他——其他同学也是如此，他们几乎一个星期都把铁皮房让给了他。

毛弟的女朋友最后一次离开南湖公园是凌晨四点。刘远他们躺在草地上，已经睡了一觉。这时候铁皮房的门开了，先是毛弟走出来，然后是他女朋友走出来。毛弟去推电单车，他的女朋友在那里等，然后两个人都坐上去，车刚刚走，他的女朋友"哇"的就哭起来了，哭声像一条线，在夜幕里窜来窜去，先上小路，然后上大路。"回独山，"后来毛弟跟刘远他们说，"她家在贵州独山。"

刘远天还没黑就去等方小华，其实他也知道这时候去等方小华也是白等，这是小饭馆一天中最忙的时候，每个人要负责几桌客人，上菜、上饭、添酒、加座，她被他们叫得晕头转向，不到九点以后不会闲下来。刘远穿着学校的T恤衫，将头发梳得很亮，早早就来了。他将马波的电单车停在电话超市的门口，看电话的阿姨问刘远为什么好久没来，是不是和方小华分手了？刘远说："哪里分手，有新的地方去啦。"

刘远每隔一下就从小饭馆的门口经过，他在心里催那些吃饭的人快点吃饭，吃饭吃得这么久像什么话？他看见有几个人在那里说话，连筷子也没拿，他真想冲进去把筷子一双一双地塞给他们，然后叫他们大口大口地吃。里面的人没有吃完，外面的人又涌进去，怪了，今天小饭馆的生意怎么这么好？他在心里说，这条街这么多饭馆，你们为什么偏偏到这里来吃，这不是欺负人吗？！当然这只是瞬间的想法，很可笑的，他知道只有生意好了，老板才会对方小华好，只要老板对方小华好，晚一点去铁皮房又有什么关系，这样一想他又平静下来，他在心里说："吃吧，你们安心地吃吧，我一点都不着急。"

八点,方小华从小饭馆里走出来,这时候饭馆里的客人还没散去,方小华穿戴整齐、一身的玉兰花香味来到刘远面前,刘远觉得很意外。方小华告诉刘远,其实她早就可以出来了,但是打扮花了她很多的时间。刘远的脑子里出现一个狭窄的房间,这个房间弥漫着油烟、啤酒以及剩菜的味道,久不久还会有人进来喝水、擦汗,方小华专心致志地打扮,一副跟这个饭馆一点关系也没有的样子。刘远问方小华:"你怎么有闲工夫打扮?"方小华说:"老板阿力听说我有事,早早就让我休息了。"刘远哦了一声,他在心里祝阿力的川菜馆生意永远兴隆!

他们先到水幕电影工地,刘远想直接就去铁皮房,但是他想方小华还没有来过南湖公园,还是先带她转一圈吧,他学着当初马波给他们介绍南湖公园时的样子在方小华面前指指点点,但是方小华并没有被那些名贵的树木迷住,她倒是想看看水幕电影是什么样子。刘远说:"现在还看不出来是什么样子,现在只是一些钢管和电线。"果然,方小华看到很多头戴钢盔的人在那里忙活,看不出他们在干什么,和建房子没什么两样。马波带领六个学生远远冲着他们招手,毛弟还做让刘远带方小华快点进铁皮房的手势,要他不要浪费时间。方小华看到了,她知道他们的意思,红着脸笑了,她跟在刘远的后面进了铁皮房。关上门,方小华看见铁皮房里密密麻麻写了很多的名字:韦贵根、蓝若进、马相一、武芳、潘月兰、陈小露……都是以前住在这里的人写的。刘远见方小华对这些字感兴趣,就对她说:"这个铁皮房是水幕电影工地的'洞房',凡是带女朋友来这里的都要签上名,我们来这里干活之前就有这个规矩了。"刘远还指给方小华看哪一个是他同学以及他们的女朋友的名字。指到毛弟的名字时两个人都笑了起来,毛弟的名字写了好几个,而且写得很吓人,看笔画就知道毛弟是咬着牙写的,大有不把笔头折断誓不罢休的劲。"他的女朋友走了,所以他就这样写。"刘远说,"我们也写一写。"说完就去找笔。刚要写就停电了。

有人在外面发电,整个铁皮房都在震动,刘远和方小华两个人如果要说话就必须喊着才能听见。好在已经不用说话,柴油机怎么在外面响已经没有什么影响。停电的时候两个人就已经吻了一遍,刘远手中还拿着要写名字的笔。都很笨,都很急,但是都觉得很好。冲动一发不可收拾,铁皮房真的就成了"洞房"。后来方小华说:"你知道当时我看见什么吗?我看见老家的一片稻田,正是扬花的时候,为了使稻子高产,一群人拿着长长的鞭子,打花粉,空气里全是花粉的味道。"刘远说:"我什么都看不见,我只是想,我终于可以像毛弟那样,写上自己的名字了。"

刘远。方小华。铁皮房里,就多了两个歪歪扭扭的名字。

南宁多雨,特别是夏季,十天半月的,肯定要下一场。下雨是好事,这么多人要喝水,一看见下雨,人就觉得踏实。但是对水幕电影工程的施工人员来说就不是什么好事了,现在已经是八月,上面下令必须月底以前完工,八月完工,九月调试,十月使用,这是上面的意思,所以这些天,各个工种不分昼夜全面提速,但是南宁的雨很不给面子,以前是十天半月下一场,现在三天两头就下,工地上的人没干多长时间就被突如其来的大雨浇得抱头鼠窜。马波很够意思,就是再忙他也让他的学生谈恋爱，他的身边永远只有六个人。剩下的那个人永远都在铁皮房里，和女朋友一起，在墙壁上写他们的名字。刘远和方小华已经写了好几遍，他们越写越觉得越离不开对方，恨不得天天都写。因此刘远在心里很感激马波，他和同学一起发了狠地干活，有时下雨他们也干。工地上的其他工头都夸马波："你的这帮工仔，真他妈卖命。"

八月里，川菜馆倒闭，方小华到一家超市当了收银员，虽然轻松了许多，但是假币却让她防不胜防，刚上班几天，就收到两张五十的，她五百元的工资，眼睁睁就少了一百，她觉得自己很倒霉，很怀念在川菜馆当服务员的时候。每当她路过那条散发着玉兰花香味的街道，她都会放慢脚步，看看老地方，那个川菜馆，已经变成网吧。她感到奇怪，生意好好的，川菜馆说关门就关门，老板阿力也不知去向。阿力对人不错，是个好老板。他以前是个炒菜的，后来自己当老板，从炒菜的变成老板，到最后消失，就像谜一样。八月里，已经成为收银员的方小华经常怀念在川菜馆干活的日子，她的那些姐妹，已经不知去向，在这个城市，她不知道还会不会遇到她们，好在她有刘远，要不然她心里肯定空落落的。真的，这个八月，很多事情都像谜一样。

那天下班，方小华要回出租屋，走到半路的时候，她看见很多人都在抬头，她也抬头，就看见有一个人站在七八层楼的楼顶边缘走来走去，这么多人在看他，他肯定要跳楼。果然110、120的车就开到了楼下。警察一阵忙碌，半人高的充气垫就支起来了，接着他们喊话："你不要想不开，有什么事好商量，要相信我们啊……"

楼不高,能看清楚上面的人。是阿力,方小华以前的老板。不错,是他!方小华很吃惊,她几乎要叫出声来。这到底是怎么回事啊?阿力在楼顶边缘走来走去,他往哪个方向走,楼下的充气垫就往那个方向移。方小华和看热闹的人被警察疏散到很远的地方,她一直扭着头看阿力,紧张得不得了。旁边的人在议论:"又是一个讨不到工钱的民工。"方小华说:"他不是民工,他是老板。"旁边的人说:"那也是个欠别人钱还不了的老板。"方小华不再搭理他们。这时候警察过来,一边指着阿力一边朝人群里喊:"有谁认识他,过去帮我们劝劝他。"方小华毫不犹豫地对警察说:"我认得他,他是我们的老板。"警察叫方小华赶快过去。到了楼下,警察问了她几句,就将电喇叭交给她,她不接,她说:"用电喇叭喊他听不出是我的声音,我还是直接喊吧。"她喊:"老板!老板!我是方小华,你是个好人,你不能死啊!"她就会喊这几句,她反复地喊,眼泪流出来了,声音也变成哭腔。

阿力看见以前的服务员在喊自己是个好人,一直默不作声的他"哇"的一声就哭起来了。他蹲下来,不停地抹眼泪。这时候,潜到他身后一直在等待时机的警察一把抓住他,继而将他扑倒。

所有围观的人都"啊"了一声,意犹未尽地散去。方小华松了一口气,她的心头扑扑直跳,感到全身乏力。阿力被带下楼,方小华终于看清楚他,这哪像他啊,人瘦了一圈,跟讨不到工钱的民工一样,整个人垮垮塌塌的。阿力被带走了,警察要方小华去协助调查,方小华上了另一辆警车,她怕警察对阿力怎么样,她不停地跟警察说:"你们不会把他怎样吧,他真的是个好人啊。"

警察没有把阿力怎么样,当晚就把他放了。阿力没有地方去,方小华把他带到自己的出租屋。看到方小华为自己忙这忙那,以前的老板有点受不了,他说:"今天如果不是你在下面喊,我现在就不活在这里了。他妈的,楼下至少有二十个人认得我,就是没有一个人站出来,他们都希望我死啊。"阿力不停地摇头。

方小华说:"老板,不要想这些事了,多想点开心的事。"

"哪里还有开心的事,不会再有了,不会。"他将头埋得很低,几乎是自言自语。方小华不知道在他身上究竟发生了什么,但是她又不好追问,一时间她不知道怎么办才好。她突然想起在饭馆上班的时候,那些起初还谈笑风生的客人喝了一点酒之后伏在桌上号啕大哭发泄自己心中积郁的情景,她想或许应该给他喝点酒。于是她拿自己炒菜用的白酒递给阿力。阿力一口就将白酒给喝了。由于喝得太急,一口酒堵在喉咙,便放肆地咳了起来,挡都挡不住。房间里满是从他嘴里喷出的酒气,刺鼻得很,似乎只要划根火柴,就会燃烧。

喝了酒的阿力更像一个受伤的人。他缩在出租屋的一个角落,不停地喘气,还有些发抖。方小华觉得他太可怜了,他被什么事情折磨成这样,没准从此就不能缓过来了,一个男人,多不容易啊。她突然想到自己的父亲,如果他也像阿力那样缩在自己的面前自己应该怎么办。她有点难受,好像受伤的是自己。她慢慢地伸出手,滑在阿力的脸上。阿力将脸埋在她的手里,今天他的头没有砸在冰冷的水泥地板上,而是埋在她这只洗碗洗菜洗得有点粗糙的手里,她觉得很好,如果这颗头在她面前血肉模糊,她肯定被吓跑的。好险啊,这颗头今天差点开裂。开裂了的头会是什么样子?她打了个冷战。她抱住了这颗头,将自己的脸贴在上面……

天上响了一声雷,继而裂了一道口,八月的雨水再一次倾盆而下,窗外满是熟悉的响声……

后来出事的那个晚上,方小华对刘远说,当时我什么也没有想,我也没有想这样会对得起你对不起你,我只是想紧紧地抱住他,我觉得这样很好,包括后来也很好。确实是这样,当她赤裸着身子和阿力抱在一起的时候,她胸中有巨大的热情,她的脑子里非常的干净,干净得只剩下那片老家的稻田,正是稻子要成熟的时候,一群人拿着鞭子打花粉,空气里满是花粉的味道……这样说之后,她就被刘远像看外星人般地看着,之后,她的头就被刘远狠狠地摔在水幕电影的钢管上。她的头仅仅在钢管上面弹了一下,她甚至还来不及叫上一声,整个人就倒在那里。很多人只听见一声闷响,像什么人在什么地方扔了一颗石头一样。

三

刘远后退了两步,马上就后悔了,看着躺在地上的方小华,他"哇"的一声哭了起来,抱着她就往公园外面跑。他一面跑一面喊着马波及几位同学的名字,"你们快来帮我啊!"他喊,他的鼻血又流出来了。

方小华被送到医院。刘远的鼻血滴在她身上,血淋淋的,看起来好像是她身上的什么地方被人捅了一刀。当医生发现那些鲜血并非来自她的身体而是来自刘远的鼻子的时候,医生感到很奇怪,他叫护士先给刘远的鼻子塞上两朵棉花,然后再仔细检查方小华的头,伤员身上并没有他经常见到的伤口,这就意味着导致她昏迷的伤口一定隐藏在身体内的某个地方,这比较麻烦。方小华被推进急救室。进出急救室的脚步声敲在马波和同学们的心坎上。刘远一直抖着身子,他神情恍惚,反应非常的迟钝,医生问他到底是怎么一回事,问了好几遍他才说,后来他干脆抱着自己的头不停地摇。医生说:"吵架就吵架,不至于动手嘛,动手就动手,不至于把人摔成这样嘛。"他的口气像个警察,说完他就进了急救室。他说的话刘远自然听不到,他只听到自己脑里嗡嗡嗡的响声,一直到天亮都是这样,好像有一个老电风扇在那里拼命地转。

闯祸了。这个念头一直在马波脑袋里旋转,他的心头扑突扑突地跳,那几个跟他一起到医院来的学生,每隔一下就看他,都想从他这里要主意,但是他们却从他的脸上看到了比他当初失恋更可怕的表情,好像在抢救室里躺着的是他的女朋友一样。确实马波除了失恋之外并没有遇到其他的事情,他一生中对付得最多、最大的事情就是失恋了。这个晚上,在水幕电影所有的电线即将接通的时候,他的脑袋出现暂时的短路,因为他不能像对待失恋一样来对待这件事情。他的脑袋差点也有一个老电风扇在那里转了,好在他及时看到刘远——他几乎像死人一样僵硬在医院蓝色的椅子上,而且还被一个同学扶着。马波心里想,再怎么样自己也不可能跟他一样。我毕竟是他的老师,他是在我手下干活期间惹的事,而且还是我叫他们把女朋友带到工地上来,我脱不了干系。马波叫他们不要慌,掏出自己的银行卡,去找设在医院里的柜员机。柜员机被灯光照得很亮,似乎早就等着他的到来。"刷"的一声,一把崭新的钞票就流到他的手里。

接下来的日子,马波拿自己的银行卡在柜员机上刷了几次,但是很快就支持不住了。已经十天了,方小华还没有醒过来,用钱用得像流水一样,这不,马波负责的水幕电影用电线路安装的费用几乎都搭进去了。在此之前,医生曾告诉他,方小华的情况不是太坏,他们做了开颅手术,出血的地方已经清理,醒过来只是时间上的问题,不过可能要留下后遗症。马波问什么后遗症,医生说可能很长的时间都走不了路了。马波说很长是多长?医生说可能半年,也可能五年,这要看今后的治疗情况。一股凉气从脊梁骨一直吹到马波的后脑勺。不是太坏?很长时间走不了路还不算太坏?医生看出马波的心思,说:"所谓不是太坏的意思是相对此类病人来说这已经很不错了。"马波自言自语,人的身体真是太脆弱了,真是太不堪一击了。医生说:"话不能这么说,像她这样,只要能活过来,都算是不简单了,只是家属可要受苦了,对了,怎么还不见她的家属来到,那个叫刘远的年轻仔已经在治疗方案上签了好几回字了,他能不能负责任啊。"马波说:"这个女妹仔太可怜了,刚做我学生刘远的女朋友不久就变成这样,刘远是她在南宁最亲近的人,刘远的意思是先治好她,能不告诉她家的人就尽量不要告诉,不光她家的人不告诉，刘远家的人刘远也没告诉，我虽然是他的老师，但在这件事情上面我们得听他的。"医生说："这不行，你一个人根本负担不起。她需要很多的钱来治疗，很多。"

果然，马波很快就支持不下去了，他决定去跟刘远商量，要他把情况告诉自己的父母和方小华的父母，瞒是瞒不了的，这么大的事情，又不是伤风感冒。他来到医院，最后一次在柜员机上将仅有的几千块钱取出来，然后把刘远叫到医院的走廊，对他说："刘远，我只有这么多了。对不起，你得自己想办法了。"马波掏出手机递给刘远。刘远明白马波的意思，接过手机拨号，他对着手机，哭着说："爸啊，出事了……"

"叭！叭！"两个饭碗裂在地上的声音从电话里传出来，吓得他赶紧把电话挂掉。

刘远不敢给方小华的父母打电话，他叫马波帮他打。马波说："他们不认得我，我打给他们他们肯定认为我是骗子，现在有很多人用这个方法来骗钱，他们肯定不相信我。"刘远想了想也是，但是他们不相信马波，肯定也不会相信自己。马波说："这样吧，现在网络很发达，你先打个电话给她家里，问他们熟悉的人里面有谁有QQ号，我们在这边把方小华的情况拍下来做成视频传过去，他们会相信的。"刘远想看来也只能这样了。

马波找来DV，他问刘远是不是把事情的经过都拍下来？刘远说："都拍下来吧，这样我就会好受一点，反正迟早都得跟他们说。"

就拍了，但是方小华身上插着管子，根本就看不出是谁，另外马波想就是看得出是谁这样也不好，看见自己的亲人全身插满管子谁都受不了，马波就关机了。他去拍医生，要医生介绍方小华的病情，开始医生不愿意，马波跟医生说现在骗子多，只有这样方小华家的人才相信，他们才会赶来。医生同意了，马波要医生在介绍方小华的病情时尽量往好的方面说，医生说："不要搞假，有什么说什么，不过她现在的情况确实在往好的方面发展。"马波说了声"好的"，便开机。医生介绍完方小华的病情，怕到时他们不相信，就把自己的电话号码、科室的电话号码也说了，他想只要他们一查，就会相信。最后拍刘远，刘远一边哭一边讲事情的经过，千对不起万对不起，两个眼睛像桃子一样。最后他要求马波拍他怎么样照顾方小华的画面，马波说："画面上出现方小华恐怕不好。"刘远说："那怎么办？只有这样我才觉得好受一点。"马波想了想，也是，事情既然已经发生，有人照顾总比没人照顾好，也许他们看了之后心里还稍稍得到一些安慰。刘远手里拿着两样东西，一样是菜谱，一样是超市商品打折的广告，他要给方小华念上面的内容。因为当初一个护士对他说，你要不停地跟她说话，让她的脑子不停地接收她所熟悉的信息，这样她恢复得可能更快些。这是个常识，以前刘远也了解到一些，没想到会轮到自己这样做。但是刘远又觉得不好办，他想方小华肯定会记恨他，听一个自己记恨的人说话没准她都不愿意醒过来了。他对护士说："她恨我，听见是我的声音她会不会有想法？会不会影响恢复？"护士说："有总比没有好。"刘远只好照办。方小华熟悉的环境是菜馆和超市，刘远找来菜谱，还有超市商品的打折广告，他在她身边一遍一遍地念：麻婆豆腐、水煮牛肉、干煸豆角、红烧肥肠、漓泉干啤……现在他叫马波把这些画面都拍下来。镜头里的刘远表情僵硬，像一个不怎么认识字的小学生被老师罚读课文，看了让人着急，马波顾不了那么多，硬着头皮拍了下来。刘远觉得这样还不够，他让马波再补拍一个画面，他面对镜头将自己的情况说了一遍：家在哪里，父母是谁，甚至有几多亩地，他都说了。他在心里想，方小华的家人看到方小华躺在病床上的画面，肯定觉得天塌下来了。一口气堵在他胸口，他咳嗽，双手没有方向地乱摸，摸到了冰冷的氧气瓶，顺着氧气瓶往下看，是方小华苍白的脸，她的气息，在氧气瓶装水的塑料瓶子里变成水泡，咕嘟咕嘟地响。我要死了，刘远想。他盼着自己的父母快点来。

马波把录下来的画面做成视频，就叫刘远给方小华的家人打电话，刘远拿着手机的手直发抖，很久都没摁一个数字，医生站在一边说："我来帮你打。"当即要过手机，按刘远提供的号码打了过去，通了，接电话的是一个男人，医生把情况说了，男人在那边半天不说话，好像不怎么激动，像在听一个非常平常的消息，医生问他熟悉的人有谁有QQ号，好把画面传过去，男人报了一个号码，医生随手记了下来，交给马波。医生一直在等待接电话的人在那边爆发，他已经做好了替刘远挨骂的准备，没想到那边的人只说一句："这是真的吗？"话说得很轻，但是站在医生身边的刘远却听得真真切切。

"是方小华的哥哥。"医生说。

几天后，马波来找刘远，叫他赶快去找照片。"一寸免冠近照"马波说，"越快越好，方小华的哥哥要的，我扫描后给他发过去"。刘远不知道是怎么一回事,他们要他的照片干什么?刘远只好老老实实地去找照片,他的照片是刚来南宁的时候照的,办学生证用,记得照相的时候照相师傅问他用红背景还是用蓝背景,他看看镜子里自己清瘦的脸,说:"用红背景吧。"有红色打底,自己的脸看看起来不至于那么苍白,他想。现在,这张用红色打底的照片又重新派上用场了。

刘远的父母迟迟没有到来,倒是万江带着韦坤和黄强来了,他们找了很久才找到医院,刘远一见到他们就问:"我爸呢?"万江说:"他在找钱。"刘远说:"找到了吗?""哪里找到,不但没有找到,反而欠了我五万,搞得我在家都住不下去了。"万江把家里的事情跟刘远说了一遍。万江说当他把他爸爸妈妈写的欠条往风中一扔的时候就觉得事情不会就此了结。他对刘远说:"你知道向清,野鸭帮的头,欠他的五万块钱还了得?!我只有'吞单'了。""吞单"就是别人来买六合彩,万江没有把钱打给上家向清,而是自己当老板,买的单没中,钱就归他,如果中了,中奖的钱得他掏。其实万江根本就没有钱,他只想闯闯运气,来南宁的前一晚,他"吞"的单几乎都中了,他没有钱兑给他们,就跑了。"八万!"万江说,"再加向清的五万,我一共欠了十三万,能不跑吗?!对了,有五万我是帮你欠的。"万江他们根本没有什么行李,看得出来是连夜跑的。他们的身上加起来还有四千块钱,在医院附近的小旅馆要了一个房间,吃饭的时候,他们叫刘远一起来吃,啤酒要了十瓶,四个人就喝了起来,刘远说:"我还要照顾小华,不能喝。"万江叫服务员要了一大瓶雪碧,他们干一杯啤酒,就叫刘远喝半杯雪碧。

万江喝了酒,什么都敢说,他说:"你的这个事真够大的,连孟桂林和农丽娟那样的小气包都被吓傻了,连他们都怕往你家的伤口上撒盐,你爸欠他们每人五万,好像没欠一样,如果你的事情小,说不定他们早把你家给分了。"黄强在一边说:"是啊,现在街上的人最怕的就是你爸你妈,他们往街上一走,每个人都对他们露出笑脸,跟他们说话都细声细气的,前几天选村主任,你爸还得了十票,你妈得了八票,他们背后喊你爸刘主任,喊你妈胡副主任……"韦坤踩了黄强一脚,意思是话说得有点过分了。果然刘远听了很难受,他想象他爸爸妈妈在街上走,人们小心翼翼、看灾荒般地看着他们,仿佛说话声音大一点他们就要倒下,他们现在也太可怜了。万江安慰他:"不过也不要紧,我欠他们十三万的时候我对自己说,不会死人的,你也一样,死不了人的,大不了跑掉。要不你跟我们一起跑掉?"黄强和韦坤在一边附和:"对,跑,一了百了。"没等刘远说话,万江又说:"不过刘远是不会跑的,对吧?刘远。"

刘远点头。他想跟他们说以前他学装电是为了他爸和他妈,后来又加上方小华,以前他曾经这样想:别人装两个电灯泡,他要装四个。现在,别人装两个电灯泡,他就要装二十个了,可能装二十个都不够了。最终他没有说出来。

十瓶啤酒很快喝完,万江把一千块钱留给刘远,就带黄强和韦坤回旅馆睡觉了。"明早还要赶路。"他说。

刘远说:"你们要去什么地方?"

万江说:"广州。"

"去干什么?"

"当老板!"万江开玩笑道。

黄强和韦坤脸上露出灿烂的笑容。

万江前脚刚走,方小华的哥哥方小明后脚就到。在火车站,他身边站着一个高大的朋友,始终黑着脸,看起来好像是来打架的。刘远去车站接他们,当时他不知道方小华的哥哥叫什么名字。方小明看完马波传过去的画面后打电话给医生了解情况时曾经说过自己的名字,但是医生忘了,所以刘远去接他时手上的白纸写着:方小华的哥哥。他双手举着白纸,望着黑压压涌出的人群,脚有些打战,他觉得很多人都在看他,看他的好戏。人都走光了,还接不到方小华的哥哥,他去问工作人员,工作人员说:"不是已经广播了吗,列车晚点,你怎么不注意听呢?"刘远才意识到从医院来到车站他一直都是迷迷糊糊的。他赶紧跑到卫生间用凉水洗了一把脸,觉得精神了很多。刘远重新来到出站口,刚好广播响了,从成都开来的列车已经进站。刘远又举起了牌子。他旁边的人也举着一块牌子,他问刘远:"他们给你多少钱?"他以为刘远跟他一样的,帮别人举牌挣钱。刘远不理他,他自讨没趣,伸头看刘远的白纸上写的是什么。"方小华的哥哥。"他念道。他把自己的牌子转给刘远看。"你看我接的是谁?"他的牌子上写着:中央电视台毛导。

方小明带着朋友站在刘远的面前,他说的第一句话是:"你不举牌子我也认得你,一路上我脑子里全是你的样子,你就是烧成灰我都认得出。"看来马波的录像起作用了,录像里面，自己的画面几乎占了一半。刘远从他的话里听出了愤怒，他的腰低了下来，伸手去接方小明手中的行李，他要帮他提行李。这时候他才发现他们根本就没有行李。他们两手空空就从四川跑来了。刘远想怎么这两天我先后遇到的人都不带行李，万江他们是因为来不及，难道方小明他们也是来不及吗，他们怎么连一件换洗的衣服都不带啊？刘远没有往下想，从始至终，他的目光都不敢在方小明及那位壮汉的脸上停留——打出事那天起，他的目光就不敢在任何一个人的脸上停留，哪怕是他的老师和同学，好像只要和他们的目光一对，自己马上就融化掉。

刘远说："先住下来还是先去医院？"

方小明说："医院。"

刘远在前面走，他们在后面跟。出了广场过了天桥，刘远拦了一辆出租车，三个人就往医院去了。一路上谁都没说话。离医院越来越近，刘远越来越紧张。车到医院，刘远看见马波和几个同学站在门口等他们——他们看见刘远坐的出租车开进来，停下，就围了上去。

看见有几个人围上来，方小明和壮汉有些慌乱，"他们是谁？想干什么？"这是方小明来到南宁讲的第三句话。说完话，他就看到了笑脸——马波的笑脸。他和壮汉都松了一口气。马波对方小明说："刘远是我的学生，他现在都快要傻掉了。"马波这样说是替刘远减轻点压力，事实也是如此，刘远现在都快要傻掉了，有时他们喊他，很久他才回过神来。

见到方小华，方小明失声痛哭，他的眼泪滴在方小华的脸上，刘远去擦，怎么擦都擦不干。方小明对没有知觉的方小华说:"我来这里,爸爸妈妈都不晓得,他们以为你还在打工,不晓得你早就躺倒喽。"方小明摇头,摇了很久,叹气也叹了很久。他并没有对刘远恶语相加,甚至看都没有看刘远一眼,好像这一切跟他没有什么关系,这让所有的人都觉得奇怪。最后,方小明说:"你们出去一下,我有话要对我妹妹讲。"所有的人都退了出去。

大概过了半个小时,方小明走出病房,对刘远说:"你进来一下。"刘远又老老实实地走了进去。他不敢离方小明太近,他觉得这个时候靠得太近都算是一种罪过,他要远远地站在一边听他审判。

"你过来。"方小明说。

刘远愣了一下,照他说的做。这时候方小明从裤子口袋里抽出一个打了对折的信封,吹气球一样将信封吹开,用三个手指从里面取出两个红本本,红本本在他面前展开,三个字闪电一样地扎眼:结婚证。

刘远的鼻血又一次流了出来。这次他没有用水拍打额头,也没有用纱布或者青草塞住鼻孔,他让血滴在他胸前,胸前很快就鲜艳起来。

他接过红本本,轻轻打开,他看见自己和方小华并肩站在一起,照片很逼真,就像他真的和方小华选了一个好日子照了这么一张照片一样,他一下子就明白了为什么当时他们叫他将照片传过去的原因。这张由电脑合成的照片,使他在今天变成一个新郎。什么都不用说了。他仔细看了看结婚证,照片上的他被圆圆的钢印压过,下巴肿了一块。

"你结婚的证明是假的,这张照片是合成的,也算是假的，但是结婚证是真的，我有同学在民政局，你不要扔掉，你扔掉了我再给你办，"方小明说，"我爸爸妈妈我都不让他们知道，他们知道小华变成这个样子，他们会死。"

"你要好好照顾她，来的时候我拿小华的一件衣服到山上给苗师太看，苗师太说小华命大，今后会旺夫，旺六畜。"

"我相信你，你要雄起。"

说完这些，方小明走出病房。"我要坐晚上八点的火车，我得走了。"他说。他很快就和壮汉一起消失在众人的面前。他们早就买好了返回的车票，晚上八点并没有去成都的列车，他们乘另一趟车离开——他们早就设计好离开南宁的时间和线路。他们不需要行李。刘远捂着两本结婚证，蜷在病房的一角，号啕大哭。他觉得自己得到了解脱。

八点的时候，刘远看见方小华的睫毛动了一下，他的心头一紧，接着就看见两滴眼泪，像两滴顽强的泉水，淌出她的眼角。方小华像一条溯流而上的鱼，又拼命地游回刘远的身边。护士说："她醒了。"这个时候她的哥哥正好离开南宁。

方小华醒过来不久，电视上报道了水幕电影工程竣工的消息。

那天晚上，刘远陪她在病房里看电视，方小华手中的遥控器不停地摁，就看到了这条消息：

巨大的水幕划向天边，水幕里有南宁的好风景，一个雄浑的男声响起："绿城南宁欢迎您！"这条新闻很短，方小华还想往下看，但是很快就没有了，方小华的手一摁，就换到了电视剧频道，一部韩剧正在上演。不知怎么回事，看了这条新闻之后刘远突然就想到了方小华的老板阿力，他的心头有点堵,这个人在方小华的生活里闪了一下,自己就欠了很多的债。

四

冬天。方小华坐着轮椅回到了刘远的家乡黄村。这一天天气并不好,北风夹着细雨,方小华被一张雨衣罩着,露出两只眼睛。她看着这个陌生的地方,心想这里就是我的家。四个轮子压着石板路,发出单调的声音。刘远在前面推方小华,刘成国和胡秀云跟在后面,很巧,他们先后遇到孟桂林和农丽娟,孟桂林和农丽娟跟他们打着同样的招呼:

"回来啦?"

细雨中,刘远在方小华耳边介绍街上的人家:这是赵一虎家,这是韦景欢的家,这是吴汉光的家,这是万江的家……

几天之后,刘成国和胡秀云一人提着一个装着衣物的化肥口袋,离开黄村,半路上碰到万江的爸爸万天。

万天说:"你们去哪里?"

刘成国说:"出远门。"

万天说:"青海炼金子?"

刘成国说:"海南割橡胶!"

巡逻记

我的来历

我是我们警校唯一写诗的学员。我的枕边全是诗歌。在一次卫生突击检查的时候,我们的校长刘飞看见我枕边的诗稿,想都没想就问我:"厕所里的那些字是不是你写的?"

气血两旺的年轻人总是喜欢在厕所里抒发他们的感情,就是警校的学生也不例外。

我说:"报告校长,我在厕所里只写一条。"

刘飞说:"哪一条?"刘飞刚刚检查完厕所,里面的标语已经烂熟于心。

我说:"墙上最高的那一条,'我爸说,如果你找不到工作,就不要回来见我!'"

这是一条用红粉笔写的标语,离诗歌很远,但却是我们全家乃至全校学生家长的心声。写完之后我得意好几天,甚至想把它推荐给学校,当成学校的校训。

那天,我们的校长刘飞被厕所里的"口语诗"扰得心烦意乱,听我说完,非常生气,命令全校集合。他要将那些"口语诗"的作者一个一个地揪出来,让他们暴露在光天化日之下。结果站了半天,揪出来的只有我一个。严格来说,我还不是被揪出来的,而是主动承认的。于是,我成为这次突击行动最大的"战利品"。学校对我的"自首"丝毫没有宽大,除了罚我清理厕所墙上所有的"口语诗"之外,还给我记大过处分。就是这样的处分,使我在找工作时遇到很大的麻烦。后来我想,当时如果我向我们学校广大的"口语诗"诗人们学习,不承认在厕所的墙上写字,校长刘飞也拿我没有办法,我当时之所以承认我在墙上写字是为了捍卫我枕边那些诗歌的尊严,证明自己和那些"口语诗"诗人有着本质上的区别,我就是在厕所里写,也要写出"我爸说,如果你找不到工作,就不要回来见我"这样极具现实主义色彩的格言警句。犯了主动坦白的低级错误之后,我就被我所写的那些字所追逐,真的成为一个找不到工作的人。

事情是这样的,刚刚毕业,我就参加全省司法系统的招干考试。放榜的时候,我名列其中,而且名次还很靠前。体检的前夜,我爸怕我体检不过关,到山上摘了很多树叶,挖了半斤蚯蚓混合着放到锅里熬制，让我捏着鼻子喝，他说："这样，你肝大的毛病就检不出来了。"我爸一直怀疑我肝大。连续十几年，我们村的小伙子在新兵体检时都是因为肝大被刷了下来，因此我们村已经十几年没有当兵的了，武装部的人一提到我们村的青年就直摇头："肝大，肝——大。"其他村的人也笑话我们，给我们村起了外号，我们村叫甘湾村，其他村的人说："什么甘湾村，应该叫肝大村！"搞得我们村的青年在外面头都抬不起来。在这种情况下，我爸肯定就担心我啦，他将树叶和蚯蚓倒进锅里，用文火烹制，他要将树叶和蚯蚓都熬烂了才让我喝。我爸像一个厨师在烹制自己的拿手菜一样，守在火灶边小心伺候着，久不久就拿勺子舀一点出来尝，每尝一回都要跑出去呕吐一下。看他这个样子，等他熬好后我说什么都不肯喝，他急了，要打我，被我妈拦住了，妈说："喝吧，这点苦都受不了，还当什么警察？！"我爸在一边帮腔："就是，这点苦都受不了，怎么去抓坏人？！"我只好喝了。我想，只要让我当上警察，就是喝……不说了。第二天，我就去参加体检了，结果一切正常。陪着我去体检的我爸说："你看，你看，还是蚯蚓管用，有效了不是。"全家都很高兴，都等着面试早日到来。但是等到最后，面试的名单里却没有我。我们全家都哭了。后来我知道，就是因为我曾经在厕所里写了那条"我爸说，如果找不到工作就不要回来见我！"的红色标语被学校记过，他们才不让我去面试的。

我不服气，他们不让我面试，我就自己去，我要让所有的人都知道我是多么的优秀。我不知道面试老师是谁，我只知道他们肯定都是一些警察,所以我想我一定要让更多的警察都知道,有一个叫韦忠祥的警校学员身手不凡。

当时的情景历历在目。我包里塞着在报刊上发表的七八十首诗歌和我的一份充满诗情画意的简历,出入金城市所辖的一区十县的各个公安局,在很多人的面前,自我推销。有时我先拿出我的诗歌,有时我先拿出我的简历,而我的脸上,堆积着我爸的表情、我妈的表情,我们全家人的表情加在我清瘦的脸上,像一张带血的面具。

公安局的领导们都很热情,不论是诗歌还是简历,他们都认真阅读,阅读之后他们几乎不约而同地为我指明更加光明的前途:到文化馆去。

他们让我去文化馆并不是因为我的诗歌,而是认为大概只有那里才能容下我乱涂乱写的错误。我不喜欢文化馆,我不喜欢文人扎堆的地方。另外我固执地认为,派出所比文化馆更需要诗人,一个诗人在派出所比在文化馆更有用武之地。我像一个推销产品的商人,雄心勃勃,志在必得。后来,当一区十县的公安局走了一遍之后,我就降格成一个"刑满释放"人员,整个人灰溜溜的。

好在我很快又提起精神,那股不服输的劲头又冒了出来。一区十县的公安局我走不通,我就走一区十县的几十个派出所!我知道派出所归公安局管,但我顾不了那么多,坚定地朝乡间一个又一个派出所走去。

就这样,我遇到了宜江派出所的所长覃乃贵。

宜江是一个偏远的小镇。覃乃贵说:"来到这里当警察得有一定的特长,你有什么特长?"

我将七八十首诗歌递给他。

"就这特长?"他几乎跳起来,他以为我会说我打枪很准,擒拿格斗三四个人不是对手,等等。这些我都会,作为一个警校学员,这些素质是必备的,所以我没有把它们当成特长,而是把写诗当成特长,就像某个农民到处炫耀,自己除了会种地之外,还会打铁。

"我们学校就我一个人能写。"我说。

"很有能耐嘛,"覃乃贵说,"这真是你写的?"他的目光停留在诗歌上的时间短,停留在我脸上的时间长。我想他肯定从来没有见过这么多的诗歌,因此他不相信这么多的诗歌是由一个警校学员写出来的。

"是的。"我说。

"那为什么还要当警察?你是不是时刻准备跟一个犯罪嫌疑人朗诵诗歌,然后期待他泪流满面,乖乖地交代自己的罪行?"

我摇头。我说:"艺多不压身,我之所以把会写诗当成自己找工作时最重的砝码是因为它能经常使我产生荣誉感,而有没有荣誉感是衡量一个警察优秀不优秀的重要标准,这跟打枪准不准一样重要。"

听我这么一说,覃乃贵的目光从我脸上转移到诗歌上,一阵风从他的手上卷起,七八十首诗歌很快就被他翻完。

"留下吧。"

我以为他同意要我,心里一阵狂喜,没想到他接下来却说:"你可以走了。"原来他只让我留下诗歌。不过我早有准备,因为我的包里准备了很多份这样的东西。我朝覃乃贵鞠了一躬，然后转身，坚定地向另一个派出所走去。

整个夏天，我的精力全都耗在了前往派出所的路上。我的同伴有上访的、打架斗殴的、卖淫嫖娼的、收保护费的、搞六合彩的、他们在我身边哀求、哭闹、争吵，使我的求职经历多了些现实主义色彩。那些被我视为未来的同事的人，他们对我的态度有好有坏，好的时候把我当成自己人，还请我吃饭，坏的时候把我当成犯案的，训我。我握了近百双手，留下了近一百份诗歌——它们和一些案件的卷宗放在一起，显得孤单和弱小。夏天差不多结束的时候，报纸上刊登了新警察上岗的消息。我所有的努力都白费了。

我爸说，如果找不到工作，就不要回来见我。我真的没有回去见我爸，而是伙同同班同学黄全福，登上去广东当保安的班车。

这个时候已经是秋天，我的包里仍然固执地放着我的诗歌，它们陪着我经历了一个倒霉的夏天，现在，这些诗歌就像是我的患难兄弟，和我一起奔赴未知的生活。在长途大巴上，我和黄全福以及几十位即将成为保安的复员军人都沉默不语，因此，大巴上的歌声显得很刺耳，周杰伦的《东风破》、林俊杰的《江南》、刀郎的《怀念战友》、香香的《老鼠爱大米》……这些歌曲反反复复地播放，听得我很累。我跟服务员说能不能把声音调小点，服务员不干，她说："这是长途车，声音小了，司机容易打瞌睡，出车祸了谁负责？和人的命比起来，声音刺耳一点又有什么关系？！"我只好继续忍受。

我们这几十个人是由一家劳务公司组织起来的，我们的目的地是广东的十几个工地,我们要去那里保卫钢材和水泥,让广东的楼层一节一节顺利地向上生长。我在金城市一区十县几十个派出所碰壁之后,我对自己的期望值一下子就降了下来,我跑去找黄全福,黄全福的情绪坏得很。他跟我一样,也参加了体检,但是不知什么原因没有进入下一轮。为了疏通关节,他家给他认了一个舅舅,把三万块钱交给这个舅舅,让他去活动活动。结果钱送出去了,关节仍没疏通,于是他们家就和这个新认的舅舅反目成仇,黄全福甚至扇了这个新舅舅三记耳光,把自己的手都扇肿了。他爸看他受伤的手,说:"就这样还想当警察,打坏蛋,坏蛋没事,自己反而受伤。"我见到他时,他瘦了一圈,两只眼睛大大的空洞得很。他举着一张要去当保安的表格,半天说不出话来。我说:"全福,我跟你一起去,人总得有一碗饭吃。"黄全福说:"不甘心啊,我的专业那么好。"在学校时,黄全福是学校的学习尖子。

"三万块钱,就是他妈的三根肋骨,能不去吗?!"他又说。

大巴在二级路上行驶,在刺耳的周杰伦、刺耳的林俊杰、刺耳的刀郎、刺耳的香香的歌声中,我不知道我的命运此时正在悄悄改变。

这个时候我差不多已经变成一名警察了。

在大巴离开车站前往广东的一个小时之后,宜江派出所所长覃乃贵开着三轮摩托车追我来了。在此之前,他开着三轮车去我家,我家那边正刮风下雨,难走的山路刺破了他的一个轮胎,他坑坑洼洼来到我家时已经变成一个泥人,刚进家门他就高喊我写诗用的名字,也就是笔名:"黄土路!黄土路在不在！"我们全家看见这个全身流着泥水的警察，喊着一个陌生的名字，感到非常奇怪。我爸说："你找错人了吧？我家没有这个人。"我可怜的父亲，他一直都不知道他有一个写诗的儿子，更加不知道他的儿子还有另外一个叫"黄土路"的名字。覃乃贵回过神来，高喊我的大名："韦忠祥！韦忠祥在不在？"

我爸这时慌了，他以为我在外面犯了什么事。"不在，他已经好久没回家了。"他焦急地看着覃乃贵，生怕覃乃贵接下来说出什么对我们家不利的话来。覃乃贵知道自己吓着老人家了，哈哈笑了起来。

"我是来接韦忠祥的。"他说。

"接他干什么？"我爸问。

"接他去补面试啊，我们给他一个机会面试。"

覃乃贵的话音刚落，我爸的两手就抓住了他的肩膀，他生怕自己一犹豫，这样的好消息就会从他手中溜掉。接下来我爸的眼泪和鼻涕就掉下来了，"啊——"他嚎了起来，像一个受尽委屈最终苦尽甘来的人，他伏在覃乃贵身上，泪水将覃乃贵的衣服洗干净了一块。

我妈赶忙拉开他，说："宝民，还不快去追忠祥。"

于是，我爸就坐上覃乃贵的三轮摩托车，去追已经在路上、即将成为一名广东保安的我。一路上，我爸不停地说话，摩托车风驰电掣，他说什么覃乃贵自然听不到。当覃乃贵的三轮车"吱"的一声横在大巴前方时，我看见我爸从三轮摩托车的车斗上站起来，像交警制止违章车辆一样用力地做了一个停车的手势，同时嘴里喊着什么，他兴奋得五官都变形了，看他的样子，我的脑袋嗡的一下，我知道我有救了。

我逃离这辆响着刺耳音乐的大巴，坐上覃乃贵满是泥巴的三轮摩托车。一路上，我爸嘿嘿地笑个不停，随便覃乃贵说什么，他都嘿嘿地笑着。我想他一辈子都会记住这一天，因为这一天，对我们家来说，是天上掉馅饼，太阳从西起，水往高处流。

爸，你就笑吧。

后来覃乃贵对我说："黄土路，不，韦忠祥，你知道我为什么跑去求局里让你补面试吗？"

我的第一个反应是我的七八十首诗歌显灵了。

但是覃乃贵却说不是，他说是因为我的自荐书上老老实实、明明白白地把我被记大过处分的事也写上去了。他还说："现在，还到哪里去找承认自己有污点的人？每一个人都把自己说成是神仙。我为此跑到你们学校去了解你为什么被记大过，在厕所里乱写字的人那么多，就你一个人承认，我就喜欢这样的人。我们宜江，需要你这样的人。"

"当然，你会写诗歌也是很重要的，不过，到宜江后，你不要乱写，你的任务是巡逻，不是写诗。"他最后说。

最初的巡逻

以前我没有好好打量宜江，是因为求职的压力使我没注意到她的模样，现在，我的吃饭问题解决了，我爸我妈心头的一块巨石落地了,我才以一个主人的身份仔细打量这个在我保护之下的小镇。后来我发现我的眼光有点做作。其实宜江不用打量,只要想一想我家甘湾村就知道了,想一想我爸我妈两张老脸就知道了。被我家难走的山路刺破的摩托车轮胎就扔在宜江派出所办公室的角落,覃乃贵不止一次对我说:"你们村的那条路是怎么修的?"其实宜江比我们甘湾村也好不到哪里去,到处是我们甘湾村那样的道路,大街小巷到处浮动我爸和我妈那样的脸庞,看着他们,我就知道我有多幸运,我爸我妈有多幸运。我一次又一次地在心里说:"感谢覃乃贵!"

覃乃贵说:"你刚来,要尽快熟悉情况,本来我应该给你介绍介绍这里的情况,但是我想还是你自己去了解,这样你对宜江的印象才深刻。你的脑子现在是一张白纸,你要尽快地给我在这张白纸上面画出画来。你要多走动走动。"

这样,我就开始了最初的巡逻。

你不知道我有多喜欢我身上的制服,北京的警察也穿这样的衣服,南宁的警察也穿这样的衣服,都安县城的警察也穿这样的衣服,我们宜江警察也穿这样的衣服。只有穿上制服,我才能过上和城里人没有差别的生活;只有穿上制服,我看起来才不像甘湾村的孩子,走起路来才理直气壮,才当仁不让。

在宜江的日子,制服成了我唯一的服装,就是吃饭我也穿着它。于是,宜江的很多人都看到这样的一个情景:一个成天穿着制服的年轻警察一大早就出现在宜江的街头,他先到镇政府去,看看那里昨天晚上有没有发生什么事情,然后就到财政所、工商所、税务所、信用社、供销社、卫生院、中学、小学等单位转上一圈,这一圈走下来,一个早上就差不多过去了,吃完午饭,他才出现在居民聚居的街道。

镇政府、工商所、税务所等等那些单位里的人,他们根本就没有把我放在眼里,他们经常半开玩笑地跟我说:"覃乃贵到哪里去了,怎么没见他?你连手枪都没有你巡逻什么?除了你身上的制服,没看出你有什么本事,发生情况时你怎么办?你总不能拿砖头跟坏人搏斗吧?!"

我没有手枪,他们说到了我的痛处,一个新警察是不能有枪的。在这样的人面前,你不能跟他们说,我会写诗歌,会写诗歌这样的话我只能跟我们所长覃乃贵讲,跟他们讲他们肯定会笑掉大牙并且更加看不起我。为了证明自己无愧于"人民警察"这个光荣的称号,我只好一次又一次地在地上捡起砖头拍自己的脑袋,直到将砖头拍碎,将他们看得目瞪口呆为止。然后我在一阵红色的烟雾中转身离去。一段时间里,我在镇政府门口拍自己砖头,在工商所门口拍自己砖头,在供销社广场拍自己砖头,甚至在镇小学门口拍自己砖头,我就像一个流浪艺人为了证明别人扔在地上给他的钱物超所值而卖力地拍个不停。我有点不耐烦,为什么他们的问题总是那么一致?我越来越觉得我们所长覃乃贵伟大,都是喝宜江的水,他有理由跟他们一样,在刚来的时候让我拍砖头,劈青砖,踢飞腿什么的。

看着一地的砖头,我一点也不感到自豪,所以我不认为早上是我一天中最精彩的时候。我一天中最精彩的时候是中午,也就是我出现在居民区的时候,只有这样的时候,我脑中的画笔,才挥舞起来刷刷刷地画个不停。

我的工作注定要在榕树下面进行。你们看,那一棵榕树一遮就遮住了半条街,所以半条街的房子在榕树叶后面斑驳陆离。如果你没有一双好眼睛,而你又不想走近那些房子,你就根本看不清那里正在发生什么。而那里老是在发生着什么。

在那里发生的事自然好不到哪里去。

那天早上,我在镇政府门口拍了自己来到宜江之后的第八块砖头,将镇政府饭堂的炊事员石永杰、出纳员王一广、计生站站长刘福定弄得目瞪口呆,他们三个不约而同地鼓起掌来,镇政府门口响起稀稀拉拉的掌声,招来很多刚刚睡醒的人。石永杰夸奖我,他用贬低覃乃贵的方法来夸奖我,他说:"覃乃贵成个卵,一天到晚看不到人,他的那把手枪应该挂在你的腰上,宜江就需要你这样的警察。"王一广走过来检查我的头,看见我的头没事,就慈祥地拍掉我头上的砖头屑,跟在石永杰后面贬低覃乃贵,他说:"覃乃贵当然没有办法跟你比,除了会盖公章之外他还会干什么?"王一广说得不错,我的所长覃乃贵一天到晚就守在办公室里,给那些到广东打工的人盖公章,鼓励他们好好打工,不要想家也不要想爹娘。刘福定说:"盖公章有什么用,抓坏人才有用,你不要向覃乃贵学习,你要去抓坏人,我们宜江坏人很多的。"我刚刚巡逻不久,就听说宜江有很多坏人,我觉得我责任重大,掏出笔记本,要登记那些坏人的名字,好将他们捉拿归案。但是王一广没有告诉我谁是坏人,他只是"嘿嘿"地笑了两声,好像宜江所有的坏人全在他那两声"嘿嘿"里面。刘福定说:"不能告诉你,谁是坏人你自己去看,到大榕树下面去看。"

说完他的手一指,好像坏人就在大榕树下。于是大榕树在我眼里就不单单是一个风景了。

我急忙赶往榕树下。

王一广、刘福定说得果然不错,我刚到那里就看见覃亮一个巴掌将他爸覃壮飞扇翻在地,"啪"的一声,惊飞了榕树上的几只麻雀。当时榕树下没有什么人,覃亮从很远的地方将他爸追到榕树下,他抓住他爸,甩手就是一巴掌,他爸像中了一颗子弹似的扑倒在地,在地上扭来扭去。覃亮下手这么狠,第一下就想置他爸于死地,我想他的心里肯定藏着炸药。我不能让他来第二下和第三下。当时我并不知道这两人是父子,反正有人挨打,我就得管。"不准打人!"我喊道,冲了过去。

覃亮没想到榕树后面跑来一个陌生的警察,愣了一下。而覃壮飞则从地上弹起来,推着覃亮。"快跑,快跑,是来抓你的。"这个覃壮飞,关键时刻没有忘记自己的儿子,他推着覃亮走了十几米,发现我没有抓覃亮的意思,又捂着自己的脸蹲在地上。这时候我才明白他们是父子。覃亮一点害怕的意思都没有,他站着不动,看着我,好像我不应该出现在这个时候似的。

我走近他,端着架子:"为什么打人?小的打老的,像什么话?!"

"他是我爸。"

"你爸就随便打?他养你那么辛苦。"

听到我说"他养你那么辛苦",覃亮哈哈笑了起来。"他养我?"他转向他爸,"你养我了吗?"他爸的头就缩在肩膀下面。从那以后，在宜江，关于谁养谁这样敏感的问题，我就没有跟任何一个人说了。从父子俩的表情上判断，是这个儿子在养这个老子，怪不得他敢打他。我想起我们甘湾村，我们甘湾村的孩子没有一个敢打自己父亲的。想到甘湾村我蹲了下来，问覃壮飞："还疼吗？"

"疼，疼个卵，他就会装。"覃亮在旁边说。他的话惹恼了我，我站起来："得意了，是不是？你再打一下试试，我马上把你铐起来。"这时我发现我错了，我这不是又鼓励他打人吗？我马上改口："我现在就把你铐起来。"我走上前去，伸手去抓覃亮，没想到我的脚却被覃壮飞抱住了，我的手自然抓不到覃亮。"覃亮，快跑啊！"覃壮飞喊道。

"放开他，让他来抓我，我又没有犯法，你快放开他呀，听见了没有！"覃亮不耐烦地朝他爸喊。他爸没有放开我的脚，而是越抱越紧。我的愤怒本来是因为覃壮飞被打才激起来的，现在他这样抱住我的脚，我觉得他就不值得我可怜了。清官难断家务事，只要不出人命，管他呢。我软了下来，松开覃亮，不再理睬他们之间的事。他们两人一前一后地走了，看着他们远去的背影，我顿生疑惑，这个早上，覃亮为什么追打自己的父亲？

榕树下静悄悄的，除了两个已经远去的一个愿打一个愿挨的儿子和老子以及一个初来乍到的会写诗的警察外，没有其他早起的人。

这就是宜江。

一阵风吹来，我缩了一下。我想，我来得太早了，一个警察起得太早可能也不是什么好事。这时候我的头皮隐隐生疼，刚才在镇政府我拍自己砖头拍得太狠了，一块砖头我用了两块砖头的力，把自己的头当成负隅顽抗的坏人的头狠狠地拍了。以后我不能那样，拍一块砖头就用一块砖头的力。另外，我不要在早上的时候来这里。我心中的白纸，画下了重重的一笔。

但是当我下午再来的时候这里依然冷清。家家户户的门是开了，却没看见什么人。我想，人呢，人都到哪里去了？正好我遇到当初指引我来这里抓坏人的镇出纳员王一广，我问他："街上的人都到哪里去了？"王一广指了一个方向，说，"珠穆朗玛"。然后踩着单车飞快离去。"珠穆朗玛"是宜江最高的土岭，本来应该叫加广岭，但是新一代的宜江人觉得叫加广岭不过瘾，就叫它"珠穆朗玛"。我顺着王一广指的方向爬上"珠穆朗玛"，穿过一片树林之后，就看到黑压压的一群人。

他们在赌博！

吹灭诗意的泡沫

我受伤了。我没想到攻击我的人是一群十二三岁的小孩，在我冲过去要制止那群人赌博的时候，他们迅速地集结在我的前方，他们用土块袭击我，不让我靠近他们。"珠穆朗玛"的土块非常坚硬，夹着凉风朝我飞来，我像演员遇到危险时下意识地护住自己最重要的部位那样，用双手护住我的脸——不光演员的脸重要，一个警察的脸也是非常重要的。这样一来我身上的其他部位就吃亏了。土块在我肩膀、胸膛、腿脚处炸开，疼得我不得不蹲下。我十二三岁的时候最怕的就是警察，现在这群孩子非但不怕，还用土块打警察。宜江不得了啦。

赌博的人最后散去，我一个人站在"珠穆朗玛"上，检查伤痕，我身上一共有十五个红块。好在"珠穆朗玛"是个土岭，如果是石山，那朝我飞来的就不是土块了，我的身上，也绝不是十五个红块那样简单了。

覃乃贵说："谁叫你擅自行动，我要你了解了解宜江的情况又不是要你出警，你这样做是很危险的。"他一边往我身上喷云南白药，一边给我"上课"，"以后不管遇到什么事，你只负责看，然后回来跟我说，你得听我的，宜江这地方不一般，它不是方格纸，你什么时候想在上面写诗就什么时候在上面写诗，宜江是小说，你只负责看小说就行了，除非看到行凶杀人，否则不要贸然行事。"

覃乃贵给我下了死命令，他用了"看小说"这样一个词。怪不得镇政府的石永杰、王一广说，覃乃贵不去抓坏人，原来他是在"看小说"。我明白了，大白天的，整个宜江镇的街道空空荡荡，男女老少都跑到"珠穆朗玛"去了，不光是覃乃贵，就是镇长韦少烈也奈何不了他们，不"看小说"不行啊。但是他们不该用土块袭击我。我心里很不舒服，有机会我一定要教训教训他们。覃乃贵看出我的心思，他打了一个电话，不一会，覃亮带着七八个少年来到我的面前，就是他们朝我扔的土块。覃亮当着我的面一人给他们一个耳光，好几个疼得哭了起来。又是这个覃亮,早上打比他大的人(而且是他爸),晚上打比他小的人,不简单啊。有个被覃亮打哭的少年说,他们不认得我,以为我来抢钱。覃乃贵说:"你们不认得他,但你们应该认得警察吧,他穿着警服呢,难道你们连警服都不认得?"覃亮看了我一眼说,他们只认得宜江的警察。覃乃贵说:"他就是宜江的警察,现在你们认得了吧?"他们点头。覃亮还伸出手想跟我握手,我没理他,他的手只好搓在我旁边的水泥柱子上。

他们走后,覃乃贵说:"这事就这样了,以后该认真的时候你认真,不该认真的时候你看看就行了,这样才能长久,我在宜江十几年了,如果件件事认真,早就吐血了。"我牢记他的话,但是覃亮的面孔这时候却在我脑子里出现,比他站在我的面前时还要清晰,他的五官有点拥挤,眼睛鼻子嘴巴为争夺地盘各不相让,很凶的。看来他是我在宜江经常要打交道的人。后来我知道,在宜江,四十的怕三十的,三十的怕二十的,而这个覃亮,刚刚二十。我把早上他打他爸的事跟覃乃贵说了,覃乃贵说:"这叫报应,覃亮小时候就死了娘,覃壮飞将覃亮扔下不管,跟着一个走江湖的女人去找什么'七两二'(20世纪80年代初的一种'寻宝'活动),将家产都败光了,覃亮吃没有吃,穿没有穿,靠赌钱的人你几毛、我几毛地救济,活了下来,所以他天生就吃赌博这碗饭。他十几岁就用赌来的钱起房子,房子起好之后,他爸就回来了,一身的病,宜江的人都笑他,说他回来养老了。"我想起早上覃亮问覃壮飞"是你养我吗"时覃壮飞缩头的样子,心想这对父子真是一对冤家。覃乃贵说:"上帝公平得很，覃亮经常赢钱，而覃壮飞老是输钱，输不算，还欠赌债，一欠债，别人就不让他走，覃亮经常拿钱把他领回来。怪不得覃亮打他，肯定是昨晚他又被扣了。"

覃乃贵说："宜江人爱赌，就让他们赌吧，赌来赌去，钱都是在他们的手中转来转去。我给他们定了一条规矩，不要跟外面的人赌，以后你去巡逻，发现有陌生人参与的，就把他铐起来，狠狠地罚，宜江的钱，不能流出宜江。"这个覃乃贵，原来是在保卫宜江的人民币不被外人赌走。我翻开办案记录，发现因赌博被处罚的，全是外乡人，没有一个是宜江的。这下我心中就有数了。

在接下来的日子里，我的目光，主要盯在陌生人身上。只要他们一出现在宜江，我就跟在他们身后，看他们是不是朝"珠穆朗玛"走去，如果他们朝"珠穆朗玛"走去，我就大喝一声："你们要干什么？"就这样那些想到宜江来发财的人有很多都被我唬走了，当然也有漏网的，有些外地的赌徒天黑的时候开摩托来宜江，躲在覃亮或者其他人家里赌，但是，很快就有人来报告覃乃贵，覃乃贵就带上我去抓他们。我们将门踢开，覃乃贵握着手枪，我提着警棍第一时间就将那些外地的赌徒拿下，将他们带回派出所关起来，还把他们身上的钱都没收了。他们不服，说："大家都赌，为什么只抓我们不抓他们？"覃乃贵说："谁叫你们上门赌博，上门赌博跟上门打架上门抢劫一样，不抓你们抓谁？！"我还是第一次听到"上门赌博"这个词，我觉得这个词用得太好了。它简直就是射向想来宜江发财的赌徒们的匕首和投枪。这个词用了几次之后，外地的赌徒都不敢来宜江了。这样一来，我又闲了下来,一闲下来,我又想到要写诗。这个时候,我已经不需要用头拍砖头来证明我的能力了,整个宜江,都知道派出所来了一个身手不凡的名叫韦忠祥的警察,在宜江来来往往的人中,他一眼就能看出哪一个是来赌博的。而且,他能让一根警棍产生手枪般的威力,赌徒们看见他的警棍,就好像看见覃乃贵的手枪一样,乖乖就范,这有好多人可以证明,覃亮和他的那些十二三岁的少年就在其中——现在,他们远远见到他,就点头微笑,他手握警棍来回巡逻的英姿已扎根在他们心里,只要看到他的存在,他们就感觉到自己很安全。

宜江非常平静,在这样的局面之下,我又想到写诗,很久没写诗了,没写诗让我有时候感觉自己在虚度年华,我心中有一些句子老是想往外蹦。如果我现在还是一名警校学员,我肯定刷刷地写个不停了,但是我想,我现在还不能写,如果现在写出来,肯定跟那些口语诗诗人的作品没有什么两样。现在我是一名宜江的警察,一名宜江警察的诗歌应该更加优秀。这些句子,她们来得不是时候,我不能被她们骗了。就这样我把写诗的念头掐灭在萌芽状态。不怕你们笑话,我心中有一个关于诗歌的巨大的梦想,只有她能让我双膝着地。现在,我脑中只漂浮着诗意的泡沫,和我心中那个巨大的关于诗歌的梦想比起来,这些诗意的泡沫简直不值一提,与其费心思让他们冒出来还不如多去抓几个要来宜江赌博的坏人。我巡逻得更加勤奋了,不管白天还是黑夜。

我的感觉不错,现在和我打交道最多的,就是那个覃亮。在宜江,四十岁的怕三十岁的,三十岁的怕二十岁的,二十岁里面的代表人物就是覃亮。我只要紧紧地盯住他，在宜江就没有办不成的事。所以很长时间里，我脑海里装着这个相貌丑陋的青年，他的一举一动，牵动着我的神经，很多时候，我像一名收集故事的高手，不停地跟人打听关于覃亮的点点滴滴，很快，我就成了最了解覃亮的人。

那一年冬天的一个下午，八岁的覃亮在一张麻将桌前，等待他的晚餐，房间里浓浓的烟雾熏得他呼吸困难。那些人搓了一圈又一圈，忘了这个给他们买烟送水换零钱的正在饥饿的小孩。那时候已经包产到户，已经改革开放，没有饭吃的现象在宜江已经很少发生了。但是由于这个覃亮没人管，所以饥饿就像他身上的破衣服一样，经常穿在他身上，好在那时候宜江的人开始大规模地打麻将，只要麻将声响起，覃亮就像一只择木而居的小鸟朝麻将声飞去。他在那里忙前忙后，给他们递水点烟换零钱，用自己的劳动换来果腹的食物。他的食物并不是直接来自于泥土，小小的赌局就像是他家的粮仓，取之不尽，用之不竭。他深深地喜欢上这项工作，忘记了自己是个没有爹娘的孩子。十几年后，宜江的很多小孩，都跟他一样。

这个下午，房间里的烟雾越来越浓，而牌局还没有结束的意思，覃亮希望有人突然把牌一推，说声："不打了。"按规矩，这个时候就是他们赏给他零钱的时候，但是这样的情景迟迟没有出现，覃亮只好耐心地等待。今天的局面对他很不利，因为经常给他钱的黄志输钱了，赢钱的是很小气的杜华。大方的人输钱，小气的人赢钱，输钱的不会拿钱给他，小气的赢钱也不会赏钱给他。时间一分一秒地过去，覃亮只好硬着头皮问了。他首先问大方的黄志,他说:"给一块钱给我吃粉。"黄志说:"你没有看到我输钱吗?问杜华吧,杜华赢得多。"覃亮不愿意问杜华,因为杜华很小气,赢钱时他从来不承认,如果承认也是赢十元只承认赢一元,如果输钱输一元他就会说输十元。今天覃亮太饿了,他不得不问杜华:"给一块钱给我吃粉。"话音刚落,杜华就放炮给了黄志。杜华很生气,认为覃亮问他要钱给他带来晦气,"啪"的一声,他狠狠地扇覃亮一个耳光:"你他妈走远点。"说完掏两元钱给黄志。那时候他们赌得不大,输一次就两块钱,为了这两块钱杜华狠狠地打覃亮一巴掌。所有的人都不吃惊,一巴掌算什么,因为宜江曾经有人为一块鸡肉捅死人呢。

覃亮捂着脸,缩在墙角,几个人看都没看他一眼。在哗啦啦的麻将声中,覃亮的人生突然就有了远大的志向,这个远大的志向就是:有一天他要用尽全身力气扇杜华一记响亮的耳光。

那天晚上覃亮没有吃晚饭,他就是靠这个远大的志向支撑到第二天早上麻将声再度响起的时候。这个长相丑陋的少年从此以后心事重重,嘴巴经常念念有词,别人都不知道他在说些什么,只有他自己知道。

他们告诉我,覃亮后来之所以在赌场上屡战屡胜是因为他有超人的感觉,这种感觉只有长期在赌场里呼吸的人才有的。这种感觉告诉他,在危机四伏的赌局里哪一张牌能置人于死地,哪一张牌又能使他死里逃生。

覃亮的故事之一

有一天,覃亮来找我,他说:"能不能不抓那些来宜江赌博的人,让他们来,然后我把他们的钱都赢过来,他们都是一些工头,钱很多的。"我说:"你怎么知道你们一定会赢?'牛角不尖不过界,马尾不长不扫街',人家没有一点本事,敢来跟你们赌?"他说:"我们有把握的,保证他们带多少钱都是有来无回。"我说:"为什么?"他不回答,我知道他们肯定要出"老千"。覃亮有点过分了,知道我们睁一只眼闭一只眼,甚至有时还护着他们,他就得寸进尺了。我没有答应,说:"覃所长说了,宜江人跟宜江人赌不算赌,算娱乐,宜江人跟外地人赌,性质就不一样了。"覃亮说:"跟本地人赌都赌腻了,也赢不了几个钱,而且赢他们几个钱,就好像要了他们的半条命一样,半天都缓不过劲来,看了你都难受。赢他们的钱已经没有快感,赢外地人的钱才爽。"我知道他说假话,只要赢钱,他就高兴,哪管什么外地人本地人,他只是想赌大点。现在,宜江人虽然好赌,但是赌注不算很大,对覃亮来说,这不够刺激,跟外地那些工头或者矿老板赌才刺激,他们都是用编织袋来装钱的。我说:"不行,他们来一个我抓一个。"覃亮有点不高兴,他嘟哝了一下,我不知道他说什么,问:"你说什么?"他没有回答。

每当他要干大事的时候，他嘴里都念念有词，这我早就知道了，看着他远去的背影，我脑子里顿时出现他的故事。他的故事是从十二岁时开始的。

那是一个下雨天，雨水打在宜江的石板路上，油亮油亮的，像铺了一层阳光，覃亮踩在上面，全身发热。他口袋里装着一百元零钱，在这些零钱里面，最小的面额是一分，最大的面额是两元，这是他好几年从嘴里省下来的。有一次他的胳膊被供销社饭堂的狗咬了一口，他差点拿这些钱去卫生院打狂犬疫苗。但是为了留下这些钱他没有去，而是拿着小刀，去刮自己胳膊上出血的狗的牙齿印，疼得他哇哇大叫，刮完后就用肥皂去搓，一遍又一遍，弄得半条街都是肥皂味。在后来很长的一段时间里，只要他心情烦躁，坐立不安，他就怀疑自己得了狂犬病，就马上跑到宜江边去看江水。他听人说，狂犬病人见不得水，如果看见水，就像天狗看见月亮一样狂吠不止。他想，如果自己有一天见不得水，首先要做的，就是在杜华的胳膊上狠狠地咬上一口。（杜华等不到覃亮咬他一口，他因为欠赌债无力偿还而跑到广东打工，被广东的一块水泥砖砸断腿，回到宜江后，靠一元两元的小赌度日子，这是后话。）

现在他要到黄志家去，完成他平生第一次真正意义上的赌博。现在他的身上，除了一百元零钱之外，还有一条红腰带，这是他从镇上庆祝元旦的彩旗上偷偷撕下来的。他已经十二岁了，他的嗓音一夜之间比平时粗了一倍，手脚的骨节，也在一夜之间粗壮起来，甚至他的梦里，开始出现面目模糊的女人。他根本不懂得什么本命年系红腰带之说，只是他看到镇上的人买单车、买拖拉机，甚至买汽车的时候，都在车上系上一根红布，用来避邪，他觉得自己也需要避一避邪，于是也给自己找了一根。那根腰带的颜色不够鲜艳，显然它已经被拿来庆祝了很多个元旦，显得灰旧不堪。在撕彩旗的时候覃亮曾有些犹豫，他不知道这根色彩黯淡的腰带能不能保佑自己，后来他想，有总比没有好。"吱"的一声，在宜江，他就成了一个有红腰带的人。

黄志他们正在三缺一，覃亮的到来并没有使他们兴奋，他们不是在等他，而是在等杜华——每一次他总是姗姗来迟，因为他很迷信，来之前总是要在祖宗的灵位前烧香磕头，出门后还要绕来绕去避开街上所有的女人，所以花的时间比较多。覃亮坐在杜华的位子上砌牌。看到这个位子上的人一下子小了很多，大家都不习惯，都不想打。覃亮哀求大家快点开始，还从口袋里掏出一百元零钱，那些个钢镚，从他手指间漏下来，叮当作响。反正闲着也是闲着，大家便同意覃亮暂时顶替杜华，前提是只要杜华一到，覃亮马上就滚蛋。覃亮的心头扑通扑通地跳，他在心里祈盼杜华晚些再晚些来，好让他狠狠地和一次。

刚摸好牌，杜华来了，他看到自己的位子上坐着覃亮，"咦"了一声，示意他起来。覃亮用手护着牌，对杜华说："让我打完这盘，好不好？"覃亮的牌好得不得了，他差不多就要迎来平生的第一次胜利，为此他满脸通红，全身冒汗。但是杜华不管这些，他的手一伸，哗啦，覃亮的牌就被推倒了。看到覃亮的牌，另外三个人都叫了起来："操他妈，这个公鸡崽，牌这么好。"杜华说："牌好也不行，起来！"

说着拍了拍覃亮的头,覃亮就乖乖地起来了。覃亮很不情愿,他像一辆刚刚上路的马力十足的新车,不舍得停下来。看着八只正在洗牌的手,他很着急,嘴巴念念有词。黄志无意中看见覃亮动着嘴巴,正在洗牌的他停了下来,"覃亮,你在说什么?"他说。覃亮的脑子现在全是赌钱的念头,成为一名优秀赌徒的想法愈来愈迫切,他今天必须给自己一个交代,他已经十二岁了,不能再等了。他绕到黄志身边,拍黄志的肩膀,说:"我替你打,如果输了,钱由我出,如果赢了,钱归你。"

四个正在摸牌的人都吃了一惊,这是这么多年来覃亮在他们面前说得最长的一句话,而且声音非常瓷实,就像从米缸里发出来的。四个成年人的脑子,出现短暂的恍惚。这个经常在他们身边出现的孤儿,突然间变了一个人,这是他们没有料到的。

"如果输了,钱由我出,如果赢了,钱归你。"

覃亮又说了一遍。

在接下来的三年,他作为黄志的小马仔,出现在宜江的大小赌局里,替黄志打牌。黄志简直就是他的另一个爸,黄志走到哪,他就走到哪。走啊走,他的衣服光鲜起来,面色也红润起来,两只打麻将的手肉乎乎的,经常把牌啪地摔在桌上,有力得很。他们进出成双成对,谁的手气好谁就上,在宜江,慢慢地他们就没有了对手。那个杜华,就是欠了黄志的很多钱无力偿还而跑到广东去打工的,他摸惯了麻将牌的手摸不惯广东的水泥砖,被广东的水泥砖砸了一下,咔嚓,腿就断了。看到他一瘸一瘸地回到宜江,覃亮心里很高兴,他又回到那个晚上,为了一块钱他被杜华狠狠地扇了一个耳光,疼得不得了,这么多年来,他似乎都在为这个疼得不得了的耳光而活着。杜华变瘫以后,他长长地出了一口气,如果有一天他突然得了狂犬病,他不会冲上去狠狠地咬杜华一口了,断了一条腿,够他受的。

黄志很满意覃亮,开始他还替覃亮打听他真爸覃壮飞的下落,后来看到覃亮越赢越多,他就懒得去打听覃壮飞了,他在心里暗暗说:"这个覃壮飞,有福不懂得享,有这么好的儿子还外出流浪。"之后,他毫不客气地将自己家的旧房子扒了,原地起了新房,新房落成那天,光鞭炮就烧了几箩筐。后来有一天,急于想离开黄志的覃亮带着一群刚刚辍学的小孩在远处指着黄志家,说:"看,黄志家的大楼,是我帮他赢下来的。你们信不信,有一天我会把它赢回来。"

他们像蘑菇

我把覃亮跟我说的话对覃乃贵说了。覃乃贵沉吟片刻,说:"宜江迟早要出事。"覃乃贵在我面前从来没有这么深沉过,自从我来到宜江派出所之后我从来没有看到他思考问题,当我发现他的这个特点时我有点失望,一个不经常思考问题的警察,如何面对坏人?也许在覃乃贵眼里,宜江没有坏人,所以没有什么值得思考的。而现在,他在我面前思考了一下,我就不习惯了,心里咯噔了一下:宜江开始有坏人了。

我感觉到问题有点严重,问:"为什么说宜江迟早要出事?"

覃乃贵说:"从今以后,很多人会来宜江赌钱,到时候,我们抓都抓不完,这个覃亮,开始给我出难题了。"

"你的话他也不听?"我说。

"他只听钱的话,谁的话他都不听。"他说。

"找个机会抓他,让他知道我们的厉害,他就乖乖听话了。"我说。其实在心底我一直渴望抓覃亮,把他搞定了,宜江就太平了,宜江看起来表面平静,其实你偷我家的东西我偷你家的东西的事情经常发生,原因很简单,赌博的人太多,输了的,就偷东西解气。只是这类事情发生太多,都已经不成为"事情"了。

覃乃贵说:"如果抓人能解决问题我早就抓了,覃亮我还少抓吗?覃亮这样的人,就是关在牢里他也改不了,有一次把他关在拘留所里,他召集拘留所里同监号的其他人赌,赌拘留所发的饭,每一次都是他赢,其实他也吃不了那么多,就让饭馊在那里,让好几个人都饿晕了。"

我说:"那怎么办?"

"先看看再说。"他要我这些日子辛苦一些,密切注意覃亮的行踪。我在心里想,事情也许没有覃乃贵想象的那么严重,不过是覃亮找我说了一回让外地的赌徒来宜江,让他把他们的钱都赢下来,覃乃贵就变得心事重重,真的有这么严重吗?就算问题很严重,我不相信我们对付不了覃亮。他算老几啊?!

我决定自己去找覃亮。其实我懒得跟他说什么,我打算找到他之后,就远远地守在一边,只要没有外地人参与赌博,我的任务就完成了。

我又一次来到"珠穆朗玛"。那里依旧是宜江人的乐园，男女老少围在一起，用扑克牌玩一种叫"三攻"的游戏。见到我，他们停了下来。我扫了一眼，没有看到外地人，就放心了许多。覃亮看到我，不停地摇头和苦笑。我走近他，说："覃亮，你笑什么？"覃亮说："打了一天，一分钱没赢一分钱没输，活白干了。"围在他身边的人也纷纷跟着摇头，"不好玩，不好玩。"他们说。"不好玩还在这里玩，回家去啊，害得我星期天也出来巡逻。"我说。"回家干什么？你说回家干什么？"他们说，其中有十多岁的，有二十几三十岁的，也有四五十岁的，几乎所有的人都在说相同的话：

"回家干什么？"

他妈的赌博有理啦？赌博赌不到钱也有理啦？赌博没有意思，难道杀人才有意思？听他们的口气，他们的"不好玩"跟我有关似的。我有点生气，但又不好发作，又没有外地人，我发作干什么。他们一群人在我面前没精打采，连赌博都不能提起他们的精神，你说我还有什么办法？不过我很想知道到底是什么原因使他们就是在赌博的时候都提不起精神。

"赌注越来越小，没有一个人敢赌大的，"覃亮说，"去年还一百两百地放，今年五十、三十就算大了，五块十块是正常的事，今天还有放一块两块的呢！照这样下去，怎么得了！这个岭上，迟早会没人来，如果再不想办法，不好办啊。"覃亮像一个农民遇到天灾一样跟我诉苦。看到他一副受苦受难的模样，我在心里埋怨覃乃贵，所长啊所长，看你把他们惯的，什么本地人跟本地人赌不算赌，现在，他们像一群灾民一样,来跟我们要吃的啦。其实我知道覃亮想的是什么,他想让我网开一面,让外地的赌徒来到"珠穆朗玛",他好跟他们决一死战。这是不可能的,就算覃乃贵答应,我也不答应,现在全县的公安系统内就有一些风言风语,说我们宜江派出所在收保护费,对赌博行为睁一只眼闭一只眼。所以我到县里开会,经常被他们说得抬不起头。前面说过,我是一个渴望荣誉、向往成功的人,在这种情况下,我只有灰溜溜的份了,所以每当我出现在覃亮他们面前的时候,我心里就有一股怨气,我甚至希望他们来冒犯我,好让我有理由收拾他们。但是我不能,我不能辜负覃乃贵,他真是爱民如子啊。不过这种状况能维持多久,我可没有把握,因为"珠穆朗玛"上的人,越来越不满足现状啦。

我问:"为什么以前一百两百地放,现在一块两块地放?"

嗡的一声,所有的人顿时都跟我诉说,他们的声音像沙子一样地将我淹没,我的耳朵竖得跟兔子一样,生怕漏掉什么重要的信息。在一百个人的讲话声中,我抓住了一些关键词:物价上涨、生意惨淡、孩子上学、父母生病、房屋倒塌、田地荒芜、风水不好,等等,不一而足。我哭笑不得。他们中的一些妇女甚至说得眼泪涟涟,就像孩子被人抢走一样,"珠穆朗玛"顿时愁云密布。他妈的,他们已经把赌博当成看不见的矿藏了,什么吃喝拉撒、孩子上学、父母看病等,全都指望这个矿藏。现在,这个矿藏已经被挖完了似的,让他们悲痛不已。要命的是,从他们的话语里,我还听出了他们对派出所的埋怨,好像把矿挖完的人是覃乃贵和我一样,现在他们把我围在中间,那情形就像在开我的批斗会,要我为目前这个冷冷清清的局面负责。唾沫星子溅了我一身。

我强压怒火,等他们一个个把话说完。这是一段很长的时间,这段时间我边听边想一个问题,这些人,男不耕女不织,少不读书,老不安逸,他们到底怎么了?这个问题想得我直发呆,在所有的人都停下来后,我的脑子还嗡嗡作响。

"说啊,你倒是说啊。"有人喊我,我回过神来。我看见所有的人都看着我,他们都在等我的反应。我能有什么反应,现在我除了想对他们高喊"你们滚蛋"四个字之外,我还能做什么?但是我不能喊,如果那样的话他们肯定伤心不已,愤怒不已。我现在必须像一个倾听民意的人大代表,身负使命、面带微笑地来到田间地头,广纳良言,回去好写代表提案,为建设新农村做出贡献。

"那你们说怎么办吧?"我反问他们。

"嗡"的一声,我又点燃了一团声音。这次比上一次更加猛烈,我感觉到这团声音灼人的热度。讲的人汗水淋淋,听的人也汗水淋淋。这团声音的核心部分就是:让外面的人也来"珠穆朗玛",那样,他们的日子又开始人欢马叫。他们给我描绘宜江未来的美好生活,每个人的脸上都泛着红光。我把他们的话总结了一下,最后发现,不管怎么总结都离不开三个字,这三个字就是:不要脸。

覃亮说:"每天你只放二十个人进来,当然,钱少的不让来。"

"我怎么知道谁有钱谁没有钱?"我说。

"你看我的眼色,我一眨眼,你就赶他走,不信你去检查他的身上,肯定不超过五千块钱,五千块钱也想来宜江,做梦,没有一万块钱以上的,我们不让他们来宜江。每天二十个人,就是二三十万,每天有二三十万在我们面前飞来飞去,就看谁眼疾手快了。"

他妈的,这个从来不读书的覃亮竟然会用"眼疾手快"这样的成语。

覃亮说:"第一个来的,肯定是梁锁头,他早就看重我们这里的环境,只要他一来,就不是一万了,而是十万以上的数目了,流油啊;第二个肯定是韦必强,他的钱虽然比梁锁头的钱少一点,但是他比梁锁头胆大,是那种短裤都可以脱下来赌的人。"覃亮眉飞色舞,"第三个……"

我再也忍不住了。"住嘴!"我喊道。但是我马上觉得自己有点失态,此时我不应该让他们看出我的心情,后来我想,就冲我喊"住嘴"这两个字,说明我离成为一个优秀警察的时间还有很长的一段距离。现在我不能生气,不管他们说什么,我只坚守一条,坚决不让外地的赌徒来到宜江赌钱。不管是梁锁头还是梁钥匙,不管是韦必强还是韦必弱,只要他们不在宜江的地面出现,宜江就什么事也没有发生。

我必须再跟覃亮面对面地谈一次,让他不要心存幻想。如果他胆敢招惹外人来宜江赌钱,我马上抓他。

我站起来,朝"珠穆朗玛"的另一侧走去,然后回过头,说:"覃亮,你跟我来,我有事找你。"

我和覃亮在"珠穆朗玛"的另一侧说话的时候那些不读书的十二三岁的少年在离我们不远的地方探头探脑。他们简直就是覃亮的影子。我的话题,就是从这些少年的身上说起。我说:"覃亮,你不应该让他们跟你学,他们应该读书。"

覃亮说:"应该的事多着呢,你为什么不说我应该当镇长,镇长早上一醒来,就有五十块钱躺在口袋里等着他去花。再说了,他们哪里是跟我学,赌钱是不需要学的,只要懂得数钱就行。"我说:"他们才十二三岁,难道就这样过一辈子?"覃亮听见我用教育人的语气跟他说话,他有点不高兴。他说:"你以为你是所长,所长都不用这样的语气跟我说话,十二三岁又怎么样?这样过一辈子又怎么样?什么叫一辈子?连我都不知道什么叫一辈子,他们哪里知道?只有你们领工资的人才知道什么叫做一辈子,不要跟我讲这样深奥的话。"我说:"覃亮,你有没有想过,如果不是覃所长在这里当所长而是其他人在这里当所长,你们应该怎么办?"这句话我曾经跟覃乃贵说过,覃乃贵说:"很难说,可能监狱里会多十几二十个犯人,也可能宜江会多一些好农民,学校会多些好学生,都说不准。"现在我又拿同样的话来问覃亮。覃亮回答:"谁当所长都一样,谁当所长我们也一样要吃饭,你以为其他人来这里当所长,这里的土地就会长出玉米、黄豆、木薯、青菜?这些人(覃亮指了指那些探头探脑的少年)就会乖乖上学?没搞错吧!"覃亮的表情就像是不相信天上会掉下来馅饼一样。

"珠穆朗玛"其实是一片丢荒的土地,现在这里长满青草。宜江的很多人很久都不种粮食了,他们或是丢荒,或是把地包给种水果的人,年底收一些微薄的租金。"珠穆朗玛"由于地势较高,种水果不好灌溉,没人承包,所以就丢荒。这些不种粮食的农民只要把钱赌完了,就跑到广东卖苦力。

"反正谁来都一样,你看见宜江有人饿死了吗?!"覃亮说，"反正又没有人饿死，你管那么多干什么？"

我说："因为我是警察，这样的事我必须管。覃亮，只要你不把外面的人带进来，随你怎么赌都行，如果你带外面的人进来，你不要怪我不客气。"

"我不相信你管得过来，你们只有两个人，还要吃饭、睡觉。愿赌服输，自古以来都是这样，你就当那些来我们这里赌钱的人都是宜江人算了，他们都是黄皮肤黑眼睛黑头发，都讲跟我们一样的土话。现在，国家的大门都打开了，你这个镇的门怎么也打开一点吧，一天放二十个人进来不会死人的，那样的话，你就不会很累，我们也不用躲来躲去，双赢啊。"覃亮开导我，好让我做出在他看来是正确的、对他有利的决定。我真想扇他一个耳光，同时觉得再跟他说什么都是无用的了。

"覃亮，你爸输了，快点过来。"那些少年喊覃亮。

覃亮站起来，说了一句"这个老家伙，又要我去摆平"之后，看都没看我一眼就走了。看着他远去的身影，我心烦意乱，这个覃亮看来要跟我们对着干了。覃乃贵说得不错，宜江不平静的日子就要到来。我知道考验我的时候到了。我躺在"珠穆朗玛"的青草上面，我的头顶，正好有一片云彩，这时候，我脑子里那些诗意的泡沫又冒出来了，我想，如果我的眼睛，长在我头顶的云彩上面，这时候我会看到什么？我想我会看到一个正在枯萎的宜江，会看到这高高的"珠穆朗玛"上没有生长粮食，只生长这一堆一堆因玩牌而忙碌的人，他们像什么？

他们像蘑菇。

覃亮的故事之二

关于覃亮,我更愿意讲他十五岁时候的事情。这一年秋天,他和黄志去了一趟柳州,在柳州有名的"非洲村"住了半个月,柳州之行使他眼界大开。这个时候,他的喉结长出来了,尖尖的,咽喉那里好像有一块老是咽不下去的鸡骨头一样,而他嘴巴周围,也开始毛茸茸的,使得他的五官更加拥挤。覃亮讨厌毛茸茸的胡子,但是他又不能用剃刀将胡子刮掉,那样的话胡子就会越长越浓。他像宜江那些上了年纪的人那样,用硬币对付它们,两枚面值两分的硬币捏在手里,夹住胡子,使劲一扯,疼一点也没什么关系。很长一段时间里,他的口袋里装着一块小镜子和两枚硬币,一有空他就扯胡子,当两枚硬币的撞击声响起来的时候,其他的人就会说,你们听,覃亮又拔胡子了。这个时候,他的父亲还在外地逍遥,但是他已经懒得打听他了——关于他的消息一年有一个说法。有一年他们说他父亲死了,清明节的时候,他带领一群辍学的孩子满山遍野寻找没有墓碑的坟墓,他跟他们说:"死了的人应该有坟墓,我爸也应该有一个。"他们好不容易找到一个没有墓碑的坟墓,但是上面燃着香火,显然里面躺的是别人的亲人,但是覃亮管不了这么多,他拔掉那些香火,扔到一边。他对那些辍学的孩子说,就当里面睡着我爸,我们给他磕头上香,求他保佑我们多赢点钱。一群孩子像模像样地烧香磕头放鞭炮,还在坟头大吃大喝,醉得一塌糊涂。

十五岁的时候,覃亮和黄志来到柳州。那次来柳州,是曾经在宜江插队的知青跳猫写信叫他们来的。跳猫在宜江插队的时候跟黄志很好,白天一起劳动,晚上一起去偷别人家的鸡,宜江的第一副麻将牌就是跳猫从柳州带来的,因此跳猫当仁不让地成为宜江人打麻将的师傅。在黄志他们跟跳猫学打麻将的时候,赌注是水缸里的水,如果谁输了,谁就得喝一茶缸生水。那段时间,黄志家不光响起哗啦啦的麻将声,每隔一会,伴随后门打开的声音,刷啦啦的撒尿声就响了起来。黄志家的后面是一片菜地,后来跳猫回到柳州后还写信给黄志回忆当时的情景,他在信中说:那一年宜江青菜丰收。

当跳猫见到这个丑陋的少年时,立即喜欢上了他。如果按学打麻将前后的顺序来排,覃亮得叫他师爷。所以跳猫对覃亮说:"你得叫我师爷。"覃亮叫跳猫一声"师爷"之后,跳猫就带他们去红星路吃脆皮狗肉。就是在吃狗肉的时候,覃亮才知道跳猫叫他们来柳州的目的。跳猫现在是"非洲村"有名的赌徒,近段时间以来输多赢少,他听说黄志在宜江红火得很,收了一个徒弟,还盖了新房,就叫黄志上柳州来。

"换一换手气,'牙膏'和'马刀'这段时间太嚣张了。"跳猫说。

牙膏和马刀是食品厂的工人,白天做饼,晚上赌钱,由于上班时心不在焉,以致他们生产出来的饼干经常掺杂有头发、指甲皮、蚊子等。这还不算,他们还经常旷工,最后双双被工厂开除。现在,跳猫被他们赢得没了脾气,就想到了黄志。

黄志有点为难,黄志说:"我们只会打麻将,玩扑克只会玩'争上游'和'十点半',其他的都不会。"

跳猫说:"现在流行赌大小,只发一张牌,谁的牌大谁就赢,虽然很简单,但除了运气之外,水平全部体现在洗牌上面,洗牌时必须眼疾手快,一定把牌洗在对自己有利的位置,而且还要记住什么牌在什么地方。"

正在大口吃狗肉的覃亮立即记住"眼疾手快"这个词,回到宜江后他一遍又一遍地使用。

吃完狗肉,跳猫带他们到飞鹅旅社,开了一间房,教黄志和覃亮洗牌和记牌的诀窍。他说:"我主要是手气不好,论洗牌和记牌,牙膏和马刀根本比不过我,这段时间以来,我一直在想这个问题,我为什么输给他们?可能是因为我的技术太好了,什么都看得很清楚,世界上不管什么事,看得太清楚了反而不好。赌钱也一样,该由天意主宰的时候就由天意主宰,该由技术主宰的时候就由技术主宰,跟牙膏和马刀赌,不能过分依赖技术,得依靠点神秘的力量。我之所以叫你们过来是因为对他们来说你们是神秘的,是深不见底的,我保证他们见到你们时,心里有点打鼓,下注时会拿不准。"

听了跳猫的一席话,黄志和覃亮兴奋得全身的毛孔都打开了,特别是覃亮,他一边琢磨跳猫的话,一边学着跳猫的姿势,一遍一遍地洗牌、记牌。当跳猫和黄志的呼噜声响起来的时候,他还在那里刻苦练习。后来跳猫对黄志说:"这个野仔,以后不得了。"

练习了两天之后,跳猫带着黄志和覃亮来到"非洲村"。

跳猫说:"你们只管打牌,不要跟他们说话,也不要看他们的眼睛,不管他们怎样套你们的话,你们都不要吱声,要做到面无表情,就是心虚得要命都不要表现在脸上。还有,你们的手除了洗牌、摸牌、下注之外要老老实实地放在桌子上,动都不要动,千万不要摸下巴、掏鼻孔、挖耳朵,马刀和牙膏最善于从这些小动作中看出对手的心思。"

黄志摇头说:"跳猫,我们在宜江赌钱时哪考虑那么多,你们不同,你们真正把赌钱当成一件事来做。"

覃亮说:"回去后,我们也要把这当成一件事来做。"

跳猫说:"当成一件事来做还不够,要当成一件大事来做才行。"

跳猫的良苦用心收到了很好的效果。面对牙膏和马刀,他先让覃亮上场,覃亮洗牌的时候手有点发抖,跳猫的一只手就搭在他的肩上。覃亮感觉到跳猫的手散发着热力,这种热力使他安静下来,慢慢地进入角色。他照着跳猫教的那样做,不跟牙膏和马刀说话,不看牙膏和马刀一眼,双手老老实实地扶在桌子上,动都没动一下,他的做派超出了自己的年龄,把牙膏和马刀弄得丈二和尚摸不着头脑,下注时犹犹豫豫,很快就乱了心气。

结果覃亮大获全胜。

柳州之行,给覃亮印象最深的就是跳猫搭在他肩上的手,很长的一段时间,覃亮一直感觉到这只手的存在,它搭在自己的肩上,暖暖的,一刻也没有离开自己。就是在跳猫后来被人捅了一刀,被扔到柳江桥下之后,覃亮依然有这个感觉。

带着这种感觉,覃亮和黄志回到宜江。从此,一种新的赌钱方法就在宜江流行开来,黄志和覃亮在柳州的经历也传遍了宜江的每个角落。他们两人成了宜江最早见市面的人而被很多人羡慕,特别是一群刚刚辍学的十二三岁的少年,经常尾随在他们身后,卷起一道一道的灰尘。在这群少年面前,黄志和覃亮都刻意模仿跳猫,模仿他的说话,模仿他出牌的姿势,使这些少年觉得宜江同时有一大一小两个跳猫存在。开始黄志并不觉得这有什么不对劲,但是当他意识到覃亮模仿跳猫也许不是一件好事的时候已经晚了,他不知道他在覃亮心中的地位已经被跳猫所取代。

有一天,由于黄志一意孤行,不听覃亮的提醒输得一塌糊涂。覃亮说:"跳猫肯定不会这样出牌,你这是活该。"

正在郁闷的黄志想都没想就一个巴掌朝覃亮拍去,没有拍着,因为同时有几只手挡住了他的巴掌,那些十二三岁的少年朝他怒目相向,一副要打架的样子。

黄志当场就软了下来。他不知道在此之前,覃亮带着这群少年远远地看着他家的房子,说:"看,那是黄志家的房子,是我帮他赢下来的,我越来越讨厌黄志了,他像一个地主一样,靠我养活。"

现在,靠覃亮"养活"的黄志软下来了。

覃亮说:"从今天起我们各赌各的,你家的房子,我不会去分一半的。"说完带着一群少年扬长而去。这一年,他将爷爷覃茂森留下的老屋拆掉起了新房。这一年,他的父亲覃壮飞一身病痛回到宜江,他看见他的儿子已经长成一个满脸横肉、眼冒凶光的少年,就跪了下来抱住儿子的双腿号啕大哭——从那一刻起,他就成为一名提前要儿子供养的病人。

让欠了黄志的赌债而到广东打工、被广东的一块砖头砸断一条腿的杜华好生羡慕，断了一条腿之后，杜华在宜江下的赌注从来没有超过两块，而且只能跟一群五六十岁的老人混在一起玩，他未老先衰，凄惨无比。有一个算命的对杜华说："你的命里本来就少一条腿，如果你不去广东，腿也照样断。"杜华心里马上掠过覃亮看自己时凶恶的眼神，他想，如果自己在宜江断腿，那肯定跟覃亮有关。算命先生还对杜华说："腿断了好，说明这道坎你迈过去了，迈过了这道坎，你肯定长命百岁。"

关于自己的父亲覃壮飞，覃亮跟那群少年说："我想什么时候赶他出家门就什么时候赶他出家门，他一点办法都没有。"

…………

我之所以忍不住要说说覃亮的故事是想说明覃亮成为一名赌徒是注定了的，就像杜华命中注定要断掉一条腿一样，没有人能阻止得了。不光覃亮，"珠穆朗玛"上面的所有人都是如此。后来我之所以犯错误是因为我想阻止他们成为赌徒。这几乎跟读书时主动跟校长承认厕所里的标语是我自己写的一样可笑。

关于诗歌的一些问题

作为警校唯一写诗的学员，来到宜江后我没有写一首诗，是因为我没有弄明白很多事情,比如说:作为一个乡土诗人,在面对宜江这样的土地的时候,他该如何吟唱?在面对覃亮这样的少年、覃壮飞这样的父亲的时候,他的眼里,还噙得住泪水吗?在面对宜江这样只生长赌徒、不生长粮食的地方的时候,他应该怎样做才能在心中建立一个新的强大体系来让自己文思如泉涌?这样的问题可能有些幼稚,但那时,这样幼稚的问题搅得我睡不着觉。我是多么的喜欢写诗,但是在宜江,诗意统统消失,升腾起来的不过是诗意的泡沫,它们在我眼前一个个冒起又一个个破灭,唯有"珠穆朗玛"上的喧嚣一浪高过一浪。

他妈的,不写就不写,节约点笔墨,去歌颂我爸妈。

但是坏了,我那等着我去歌颂的父母这时候也出事了。

我正要跟覃乃贵汇报我跟覃亮在"珠穆朗玛"上相见的事情,铁青着脸的覃乃贵在街头找到我,说:"你快点回去,你家出事了。"我说:"我家怎么啦?"他摇了摇头,叹了一口气,说:"你回去就知道了。"

我开着所里的三轮摩托往甘湾村赶,一路上猜测家里到底出了什么事。我的猜测如下:

1. 我爸(或我妈)被查出是肝大。
2. 我爸放牛不小心摔下山。
3. 我妈打柴扭伤了腰。
4. 家里遭火灾了。
5. 家里进小偷了。

但是我想到覃乃贵无奈的样子,上面的猜测又被我推翻了。我分析覃乃贵的表情,渐渐觉得我爸妈肯定干了什么见不得人的事，是不是我爸犯作风错误了？

"砰"的一声，我的摩托车压在一颗石头上，差点翻下田坎。

当我的三轮摩托拖着灰尘停在我家门口时，我爸妈蹲在家门口，蓬头垢面，他俩的眼睛飞快地瞟了我一眼，又贼似的躲开了。我上去扶他们，先扶我妈，再扶我爸。扶我爸的时候，我妈又蹲下了。见我妈蹲下，我爸又不好意思站着，也跟着蹲下。

到底什么事使我的父母不愿站起来？我疑惑着推开家门。

我家空空如也。

电视机没有了，自行车没有了，缝纫机没有了，床也没有了。

我之所以首先注意这几样东西，是因为这些东西是我当警察后给父母买的。最先买的是电视机，甘湾村的夜太漫长了，我想让我的父母听着歌声入睡，所以我最先买了电视机；然后是自行车，我家最远的玉米地要走三公里，有了自行车，我爸妈就不用走那么长的路了；接下来是缝纫机，这是我家唯一的奢侈品，是买给我妈看的，她跟我爸结婚的时候就想有一台，那时候，风吹树叶的声音她都以为是缝纫机的声音，虽然现在没有多大的用处，就算圆她二十年前的一个梦，相当于替我爸补给她一个结婚戒指；最后买的是床，我爸妈睡了二十年的床被白蚁咬得只剩下空壳了，四条腿用还长着树叶的木头支住。买了这些东西以后，我一直自豪到现在。

现在，这些东西都不见了。

哦——我爸的老嗓子扯出一阵哭声，并不由衷，一听就知道这是专门哭给我看的。爸啊爸，你什么时候学会了表演。这样的哭声使我坚定了我爸妈犯了什么错误的看法。我家附近聚集着十多个看热闹的人，他们在看我们家的好戏。我一手拉着我爸一手拉着我妈进了家。我把门关上。

我爸开始自己扇自己耳光。那也是做给我看的，不过他扇得有点狠，啪啪直响。我有点不耐烦，说："到底怎么了？东西被谁拿走了？"

我爸妈没有吱声。

"你们都干了些什么？"我吼了起来。长这么大，我第一次用这样的语气跟我爸妈说话。现在我不是他们的儿子，而是一名警察。

我的威风起作用了，我爸我妈吓了一跳，差点跌在地上，只好老老实实地说了。先是我爸说，然后是我妈说。听完他们的话，差点把我气死。

当我在宜江辛勤巡逻，在为怎么对付覃亮而伤脑筋的时候，我爸妈在甘湾村迷上了一种叫"三攻"的赌博。跟覃亮他们在"珠穆朗玛"上玩的一样，他们越赌越输，越输越赌。没钱了，就把家里的东西折成赌注，先是电视机，我爸说大不了不看电视，几十年不看不是死不得人吗？！接着是自行车，我爸说走路走惯了，踩自行车一点都不习惯，再这样下去非得"肝大"不可；然后是缝纫机，这回轮到我妈说了，反正缝纫机也没用，留在家里也是一堆废铁，拿去押了吧；最后是床，当电视机、自行车、缝纫机输掉的时候我爸妈的眼光就落在那张席梦思床上，他们希望那张床发挥作用，把输掉的赢回来,他们之所以打床的主意是因为那张被白蚁咬空的、四条腿长着树叶的床还在,"大不了就睡这张!"我爸一咬牙,床也输掉了。"庄家"一辆拖拉机,就拉走了我家的家当。两个等着我去赞美的勤劳的农民,在不知不觉间沦为赌输的赌徒。现在,他们蹲在我身边,像两个被我抓到的,到宜江赌钱的外地人一样。

我心里空空的,不得不蹲在地上,一口一口地喷着粗气,好像刚刚跑了几十里,累得只有出气没有进气。我不愿接受这样的现实,我爸妈,他们辛苦了一辈子,把自己的儿子培养成一个会写诗的警察,让这个会写诗的警察在谈起他们的时候恨不得双脚并拢,现在……他妈的,我家的家当现在在哪里?

"谁搬走的?"我连问几声。我爸又要扇自己耳光。如果我再问他,他非把自己的脸扇掉不可。他现在怎么看怎么像覃亮的父亲覃壮飞(这样一来,我和覃亮就变成兄弟啦)。我拦住他,然后冲出家门。我先后推开甘湾村二十户人家的家门,开始我认为我家的电视机、自行车、缝纫机、席梦思床会出现在这二十户人家的某几家家中,没想到这二十户人家跟我家一样,空空荡荡。相比之下,这些输掉家当的人比我爸从容多了,看见我难受的样子,纷纷安慰我:"会赢回来的,人不可能一辈子都晦气,过一段时间你再来,保证羊满圈牛满栏。"听他们的口气,好像输的不是他们而是我一样。

我憋着一股怨气,离开甘湾村。

我没有回到所里,而是直奔"珠穆朗玛"。今天,我要把所有的怨气,都发泄在"珠穆朗玛"上。

我摩托车开得飞快,好像要去执行一项紧急任务,挡在我前面的人和车纷纷避让,一条长长的灰尘,一直拖到珠穆朗玛的脚下。我跳下车,冲上"珠穆朗玛",今天我要抓人,第一个要抓的就是覃亮,虽然他跟我爸妈赌输没有什么关系。

他们看见我朝他们冲过来的时候他们没有在意——两百米的时候他们没有在意,一百米的时候他们没有在意,五十米的时候他们也没有在意,我来到他们跟前他们也没有在意。他们根本不把我当一回事,我这个警察算是白当了。

覃亮正在发牌,我的手一挥就打掉他手中的牌。他吃了一惊,朝我喊:"你要干什么?"

"干什么,抓你!"我伸手就去抓覃亮。人群轰的一声就炸开了,他们没有躲开,而是站在一边看热闹,好像这件事情跟他们没有关系一样。

覃亮在我手中挣扎,同时高喊:"放开我,放开我。"我拉着他往坡下走,他不肯走,抱住一颗石头。我用力掰开他的手,两个人就扭在一起,滚在地上,压坏了"珠穆朗玛"上的一片青草。

"放开我!"

"放开我!"

"放开我!"

覃亮连喊三声。

我没有放开他,相反越米越用力。

"你放不放?"

"你放不放?"

"你放不放?"

他有点绝望,绝望也不行,今天我非抓他不可。

"呀——"覃亮张开嘴,咬住我的肩膀,疼得我差点喊起来。我也想咬他,但是我不能咬他。我忍着疼痛揪住他的衣服不放,我想等他折腾完身上的力气后他会乖乖跟我去派出所。在这个过程中,覃亮的牙一直没有松开,我感觉我的肩膀在汩汩流血。

这时候,那群十三四岁的少年围了上来,他们亮出明晃晃的刀子。我看见同时有几个太阳朝我照射过来,我只好放开覃亮,躲到一边……

结　果

我在房间里,脱掉衣服,被覃亮咬的地方肿了起来,几颗牙齿印布满血丝。我突然记起覃亮小时候曾经被狗咬过,急忙打来一盆清水,用肥皂洗覃亮的牙齿印,一遍又一遍,这样还不放心,我还找来水果刀去刮牙齿印,"啊!"我喊了起来。

所长覃乃贵听到我的喊声,来敲我的门。

"怎么啦?"他问。

我忍着疼痛,压低声音,说:"没事。"

除了说"没事",我不知道还能说些什么。

涂满油漆的村庄

我是韦虎的弟弟,我愿意当他的弟弟。

在我们村,最高的山是加广山,然后依次是加脉山、加料山、加饭山、加权山。我们要在这五个山顶上,砍掉五棵大树,之后在将倒未倒的树下,安排一个人在树下守望。加权山是我弟,加饭山是我哥,加料山是我,加脉山是我妈,加广山是我爸。当加权山上的大树被我弟推倒时,韦虎的大队人马离我家还有五十里;当加饭山上的大树被我哥推倒时,韦虎的大队人马离我家还有四十里;当加料山上的大树被我推倒时,韦虎的大队人马离我家还有三十里,当加脉山上的大树被我妈推倒时,韦虎的大队人马离我家还有二十里,当最后一棵大树——加广山上的大树被我爸推倒时,韦虎差不多就要回到家了。

韦虎回家以后怎么样?他的机器吱吱转动,我的父兄土里刨食。

但是在2004年元月,一切还没有发生。我爸的手哆嗦着,一张信纸在他手中窸窣作响,好像有一阵风朝他的手吹来一样。我知道他是想我的哥哥韦虎了。这个韦虎,已经十年没有回家啦。他的照片挂在墙上,长长的头发,眯眯的眼睛,像要看穿眼前的什么东西一样,他的身边,架着一架拍电影的机器,韦虎的手搭在上面,像拍着一匹老马。这样的照片挂在我家的破房子里,没人相信照片里的人就是我爸的儿子,而是像一张拣来的剧照,正因为像是拣来的剧照,那就说明照片里的人是别人的儿子。

可我爸的手又一直在抖,我又不得不相信韦虎不是别人的儿子,而是他的儿子。但是我又一直在想,韦虎已经十年没有当面叫他一声爸了,十年没有叫爸,能算是爸的儿子吗?!

尽管是这样,我仍然喜欢当韦虎的弟弟。

这个韦虎喜欢电影。他小时候在加广村的事我就不讲了,你要是知道他小时候在加广村的故事,你就去吹他长长的头发,保证有几个伤疤让你眼前一亮。我告诉你,我们每一个加广村的孩子身上都有这样的伤疤,不是在头上,就是在身上的其他什么地方。本来像韦虎那样头上顶着伤疤的加广村的孩子,是不应该到北京城去的,我们加广村头上顶着伤疤的孩子,去得最远的地方是柳州。但是韦虎不向往柳州,而是着了魔一样的向往北京,好像那里有他的另一个爸。

是的,北京真的有韦虎的另一个爸。

这个"爸"就是电影。

本来加广村的孩子是不应该喜欢电影的,加广村的孩子应该喜欢什么呢?

应该是泥巴!

我们加广村的孩子应该喜欢泥巴!小时候他们玩泥巴,长大了他们在泥巴里刨食,就是他们到柳州去也要去伺候那些由泥巴变成的水泥和砖头或者是从泥巴里长出来的钢铁和木头,如果他们喜欢一百样东西,那么这一百样东西也应该和泥巴有关,这里面肯定没有一样叫作电影的东西。

但是韦虎,这个头上长满伤疤的孩子,偏偏不喜欢泥巴,他喜欢电影,他忘了自己是加广村的孩子。

我还记得韦虎把他喜欢电影的消息告诉爸妈以及我们时的情景,他是在煤油灯下跟我们说的。他说着一些外国人的名字,像在说着一些他非常熟悉的亲戚。我们全家当时还不知道韦虎喜欢电影带来的后果,像听笑话一样听韦虎说电影,我爸和我妈笑了五下,我哥、我、我弟笑了十下。我们这个破烂的家,因为电影在一天夜里一共响起十五次笑声,这是从来没有过的。后来,韦虎觉得这么说不过瘾,竟在家里演起电影来,为了看清楚他演,我弟举起煤油灯站在桌上。韦虎先演好笑的电影,把我们全家乐成一团,再演伤心的电影,让我爸和我妈不停地抹眼泪,哭得一塌糊涂。我哥看他们太伤心了,赶忙让韦虎停下。他说,韦虎,爸妈都哭了,还不快停下。可是我爸妈不让,边抹眼泪边对我哥说,你就让他演完吧。

　　韦虎的表演终于结束。他坐在地上,喘着气,我们家,全是他的喘气声。我弟仍然站在桌子上,高高举着煤油灯,他希望韦虎一直演下去。他说,虎哥,还演不演?还演不演?我说,下来吧,你想累死虎哥吗?!举着的煤油灯才被放回桌子上。我妈拿来湿毛巾为韦虎擦汗。这时候,她发现韦虎眼里流出两行眼泪,我妈说,韦虎,你怎么啦?韦虎没有吱声,我妈又说了一句,韦虎,你怎么啦?韦虎干脆躺了下来。这下我们全慌了,以为韦虎演电影演出毛病来了,一下子全围上去,我弟很机灵,他怕我们看不见韦虎的脸,他又去拿那盏煤油灯凑近韦虎,这时候我们看见韦虎的脸上全是泪水。

　　你怎么啦?我们全家人几乎同时说。

　　你们打我吧。韦虎说。

　　你说什么?我哥说。

　　你们狠狠地打一打我吧。我不争气。

　　我爸说,什么?你不争气,你不是已经读完书了吗?!你不是准备要参加工作了吗?!

　　我忘了告诉你们,十年前的韦虎,是一名刚刚毕业的师范生,他即将成为乡中学的一名语文教师。当时读书不怎么费钱,我们家看起来虽然破烂,但和加广村的其他家比,也破不到哪里去。不像十年后,破得无法收拾。

　　韦虎摇了摇头,不,爸,我不想现在就工作,我还想学些东西。

　　学东西就学东西,你哭什么嘛?我爸说。这时候我爸突然想到了什么,他被他脑子里的什么东西触动了一下,吃惊地看着韦虎。韦虎是我爸种下的一株玉米,这株玉米已经到了收获的时候。韦虎说他还想学些东西,莫不是这株该收获的玉米又想重新变成禾苗?

是的,韦虎想重新变成一株禾苗。他想到北京去学习拍电影。他忘了自己是头上顶着伤疤的加广村的孩子。韦虎躺在地上把他的理想跟全家人说了,他期待全家人的一顿暴打。因为他如果去北京,那他的一切都得重新开始,全家人将为他而受苦。我们的家将更破,我们身上的衣服将更难看。但是全家人哪里舍得打他哟。我爸看看躺在地上的韦虎,伸出一只手去抹他脸上的泪,然后将湿漉漉的手掌抹在衣服上,韦虎的眼泪就变成了手掌拍在我爸身上。

我爸说,韦虎,我不知道拍电影是怎么一回事,但是刚才你给我们演电影,把我们弄笑了一回又弄哭了一回,你真的那么喜欢拍电影吗?

韦虎点了点头。

如果不拍电影你就会死吗?我爸又说。

韦虎不知道我爸为什么会这样问他,他以为爸不想让他去北京才这么说。但是我爸又说,我看如果不让你去学电影你会死的,是不是?

韦虎点头。

我爸说,是不是我们不打你一顿你就会觉得不舒服?去北京就觉得不踏实?

韦虎说,爸,我真的很难受,我对不起你们,你就当没有我这个儿子吧。

"啪"的一声,我爸的一巴掌就狠狠地扇在韦虎的脸上。

这时候刚好有一阵风从我家并不严实的墙壁吹进来,吹灭了我弟手中的煤油灯,我家一下子就陷入黑暗之中。

韦虎像狼一样地嚎起来,他的声音传出很远。这声长啸后来一直刻在我脑里,每当我为韦虎感到担心的时候它总是在我的脑子里响起来。这时候我就在心里对自己说,别担心,能发出这种声音的人也许到了北京,就什么都不害怕了。

我爸在黑暗中伸出双手,他去拉韦虎,我想,如果今天晚上他不去拉韦虎,韦虎也许就会一直躺在那里,永远都不会起来了。

我爸说,孩子,起来吧。

韦虎就这样去了北京。他说,从此我将杳无音信,如果你们接到我的照片,就说明我已经会拍电影了。如果没有,你们就当没有我这个兄弟。临走时,他给我爸和我妈各叩三个头,给我们兄弟各叩一个头,之后狠狠地转身,踩着那条山路,向北京走去。当看不见他的时候我们全家才回过神来,才知道韦虎这一去其实是生死未卜,便一致冲着已经看不见的他,高声大喊:韦——虎!韦——虎!

我妈当场就瘫倒在地。

2004年元月,我爸拿着韦虎寄来的信,手抖得不行。我爸的脸没有表情,他的表情全在手上。自从韦虎去了北京之后,我爸脸上就没有表情了。今天不是接到韦虎的信的日子,这封信早在十天前就收到了,现在,他第十次将它拿出来,手仍然抖个不停。比起五年前收到韦虎的照片时抖得还厉害。五年前,杳无音讯的韦虎突然给家里寄来一张照片,就是现在挂在家中破墙壁上的这张。那时候也是冬天,韦虎的照片在我们的眼前展开,长长的头发、眯眯的眼睛。我敢打赌,如果他用这种眼神在我们加广村走路,不出十步他肯定摔倒。他用手拍着他身边的机器,一副天不怕地不怕的样子。我爸长长地叹了一口气,他的手微微抖动。他不满意韦虎的长发,他说留这样的头发一点都不像加广村的人。但是我哥不同意我爸的看法,他说,韦虎之所以要留长发,是为了盖住头上的伤疤。在我哥的说话声中,我爸微微抖动的双手将韦虎的照片挂在破烂的墙上,从此没有再看第二眼。一直到今天。

韦虎在信中说,春天到来之后,他就要回家了,他要带人回来拍电影。他的摄影机,春天的时候将在我们村吱吱转动。

这到底是一件什么样的事情?我爸狠狠地琢磨了十天。他不知道韦虎为什么要回来拍电影,如果他回来看爸看妈看兄弟那还好解释,回来拍电影就让人大惑不解,我们村太旧太破,值得用那高贵的机器去记录吗?

韦虎的信太短,所以我爸需要十天时间将信的内容拉长。他对我们说,我们要把这个消息都告诉加广村的人,让他们做好准备,说什么话,穿什么衣服,吃什么样的饭,每个人都要好好想一想。他还说,我们要把这件事当成高兴的事情来准备。

最后他说,我们要在五个山顶上,砍掉五棵大树,之后在将倒未倒的树下,安排一个人在树下守望。当加权山上的大树被我弟推倒时,韦虎的大队人马离我家还有五十里;当加饭山上的大树被我哥推倒时,韦虎的大队人马离我家还有四十里,当加料山上的大树被我推倒时,韦虎的大队人马离我家还有三十里,当加脉山上的大树被我妈推倒时,韦虎的大队人马离我家还有二十里,当最后一棵大树——加广山上的大树被我爸推倒时,韦虎差不多就要回到家了。他回家以后,我们村就变成电影了。

我哥问,爸,为什么要这样?

爸说,我十年没有见到韦虎,难道不应该为他砍掉五颗大树吗?其实我知道,我爸的这个想法源于一部叫《鸡毛信》的电影,这辈子他只看过一部电影,那就是《鸡毛信》:山顶的大树轰然倒下,村里就来人了。

可见我爸是非常非常喜欢韦虎这个会拍电影的儿子的。十年了,他为这个儿子失去脸上的表情,所以,即将到来的春天,我们加广村也应该失去五颗大树。

我的父母和兄弟先后走出家门,他们要把韦虎回来的消息告诉加广村的人。现在还是冬天,加广村的人都窝在自己家里,烧老树根取暖。整个村庄,全是老树根的香味,我喜欢这种香味。如果韦虎现在回来就好了,他可以拍到整个加广村的烟火和他的父母兄弟在烟火里走路的样子。

2004年元月,韦虎要回村的消息在加广村弥漫。我爸说,你们要做好准备!他的话使整个村庄骚动不安。

我爸叫韦金干,村里的人说,韦金干,你说我们应该怎么做?

我爸说,你们要好好想一想,说什么样的话,穿什么样的衣服,吃什么样的饭,你们不要在我家韦虎面前丢人。

他们说,韦金干,你真好笑,说什么样的话,穿什么样的衣服,吃什么样的饭,难道还用想吗?难道你家韦虎就不知道吗?你说,说什么样的话,穿什么样的衣服,吃什么样的饭,才不丢人?

我爸就没什么话好说了。他说,这个韦虎,给我们出了一个难题。韦虎已经十年没有回来了,我爸已经完全把他当成一名客人了,客人一来,穿新衣服,说好话,拿出家里最好的东西,这是村里人的习惯。可见,我爸已经没把韦虎当成加广村的人啦,如果他把韦虎当成加广村的人,他就不会对村里的人说,你们要做好准备。村里的人回家,有什么好准备的?就算他要回来拍电影,你知道他要拍的是什么?

村里的人问我爸,韦金干,韦虎要拍什么?

这可把我爸难住了,他又拿出韦虎的信看了一遍,韦虎在信里并没有说。但是,我爸还是对加广村的人说,他要回来拍我们怎么过好日子。我爸这么一说,所有的人都走开了,他们说,加广村的好日子还没到来呢。

2004年元月,加广村的好日子还没有到来。村里的几百亩地,还需要艰难地长出玉米、黄豆、木薯、红薯苗,村里的加广山、加料山、加饭山、加脉山、加权山,还需要牛儿和羊儿在上面吃草,而所有的房前屋后,如果没有几只鸡在那里找蚯蚓吃,人们的心里就会觉得不踏实。而那些出出进进的村民,他们的神情,永远都还是那样的忧伤。

这使我爸感觉到有些不妙。他觉得韦虎的到来,并没有给加广村带来欢乐,相反,韦虎似乎变成一个不祥的符号,天知道他将给加广村带来什么?是不是像十年前那个夜晚的表演那样,让我们笑了几回又哭了几回。

一家人重新坐到一起。我爸说,如果没有拍电影这件事,那该多好啊。

是啊，如果没有拍电影这件事，那将是一次简单的亲人相会。天知道韦虎是为了拍电影才回家还是为了回家才拍电影？这件事，弄得我们都烦了。我们都不想用五颗大树去迎接他了。

我妈说，我才不管他拍不拍电影，我只是当我的孩子又回来了，如果我不高兴，我就让他老老实实待在家里，不让他拍电影。

我哥说，你是在讲废话，你以为拍电影那么容易，说拍就拍，说不拍就不拍，我总觉得韦虎不是为了回家才回家，也不是为了拍电影而拍电影，他肯定是被逼的，被逼得走投无路了才回来拍电影，我们应该帮他。

我哥讲得有道理，韦虎肯定是被逼无奈了才回来，要不然他为什么不在北京拍，不在上海拍，不在柳州拍，就是在都安县城拍也比在加广村拍强啊。我们应该帮他。

我爸说，你们讲得都有道理，我不会让我拍电影的儿子韦虎回到加广村拍电影时被人冷淡，我要让所有的人都对他露出笑脸。我要让所有的人都争着帮他。我一定要做到。

加广村的人会争着帮韦虎？我们都表示怀疑。加广村的人是不喜欢帮别人的，除非村里有红事和白事。除此之外，平时你看到的，都是他们匆匆赶路的样子，连停下来看一眼别人的时间都不肯留出来。他们为什么这样，不说你也知道，他们被他们破烂的生活驱赶着，生怕一停下来，就被破烂的生活淹没了。你不用去看他们，你看看我爸我妈我哥我弟还有我就知道了。我爸平时黑着脸，跟谁都不打招呼，他每天都到靠近公路的韦金多的石灰窑上帮韦金多装石灰。他用一张毛巾包住嘴和鼻，往拖拉机上装石灰，哗啦啦，哗啦啦，不出十分钟，他就变白了，毛巾根本就不管用。没人的时候，他就解下毛巾，清理喉咙和嘴里的石灰，呸！呸！这就是我爸。我妈一天到晚就知道在山上转，不是砍柴火，就是割牛草，我告诉你我妈能挑多重的东西，她能挑150斤重的东西，我们都挑不过她。她的个子很小，挑起担来你根本看不见她，当你看见两捆干柴或蒿草从你面前经过时，那肯定是我妈。我妈平板脚，走路很响。我哥、我弟、我和加广村的所有的青年人一样，显得有点奇怪。他们说我们是农民，可是我们最讨厌的一件事情就是种地。我们曾一起到柳州去打工，结果，我哥的三个手指被机器，嗞——锯断了；我因讨要工钱被几个人从三楼扔下来，一张撑在半空的塑料布救了我的命；我弟趁人不备偷两根钢材去卖钱买烟抽，被工地上的摄像头拍下来了，烟还没来得及抽就被痛打一顿，轰了出来。我们三兄弟又回来了，从此约定，无论如何再也不离开加广村一步，直至老死。

就我们这个样子如何来帮韦虎？连我们都帮不了韦虎，加广村的人会帮得了他？他们都还需要别人来帮他们呢。我爸的脑袋看来有点发热了，他要在加广村放一颗卫星。他要全村人跟他一起放，他又不是村主任，现在我们村谁是村主任我们都不知道了。

我爸说，不管怎样，韦虎毕竟是从很远的地方回来，而且是带很多的人回来，你们想一想，加广村有很多人来到的时候，会是什么样子？

我妈说，人家还以为是计划生育的来了呢，加广村起码有20个女人要躲进山洞。

我哥说，要不就是以为他们是来收统筹的，村里的人又要准备出来跟他们吵架了。

我说，扶贫，也许他们认为是扶贫工作队又来了呢，都争着往自己家里带也说不准。

我爸说，对，我要他们都争着把韦虎往自己家里带。

我妈说，那就只好把我们的韦虎当成扶贫工作队的了。不是韦虎在拍电影，是扶贫工作队在拍电影，在拍电影之后，我们村想要什么就有什么了。

我爸说，看来也只有这样跟他们说了。

在这之后的一天早上。我一觉醒来，就发现有什么地方不对劲。果然，当我透过我家破烂的墙壁，就看见村里有很多人在走动，我的第一感觉是，我们村又死人了。我把我哥和我弟叫醒，让他们也透过我家的破墙壁看看外面的情况，让他们猜一猜到底是哪一家死了人。我们先从杨满栏说起。我说是不是杨满栏？杨满栏是我们村最老的人，已经八十五岁了，每隔十天半个月，就有他要死的消息传来，可最后他总是没死，这一次会不会是真的？但是这个判断很快就被我们否定了，因为如果杨满栏死，是不会有那么多的人出来为他走动的。他和他的孩子杨尚山、杨尚岭平时在村里骄傲得很，村里的红事白事他们都不去帮忙，他们不是心疼自己的力气，而是怕掏十五块钱的礼钱。我们加广村不管是红事还是白事，礼钱一律是十五块。他们连这十五块钱都舍不得掏，你说，如果他们家出个什么事，会有那么多的人出来为他们走动吗？！不会是杨满栏，我们说。接下来我们又说会不会是乜春？乜春已经有七十多了，她病了二十多年，好不了也死不了。她觉得这是一种折磨，就经常闹上吊，每一次都被她的女儿盼春抢救过来，盼春为防她上吊，把家中所有带绳子的东西都集中在一个房间里用大锁锁起来，可这也拦不住她，每几个月都要上吊一次，每次都没死成。莫非这次终于成功啦？后来我们想起来，不会是她，因为如果是她，村里也不会有这么多人出来的，因为如果她自杀成功，是被当成野鬼来看待的，她的后事只能由几个亲友来草草处理，是不能享受全村倾巢而出的待遇的。尽管她的女儿盼春是我们村最漂亮最孝顺的女人，但对一个野鬼，漂亮和孝顺有什么用？！后来我们说，不是乜春，那就应该是刘广大了，他是我们村唯一出过国的人，一九五〇年他去朝鲜打仗，在三八线附近，美国的两块手指粗的弹片紧紧地插在他离心脏不远的地方。当时没有办法取出来，医生只是在他的胸脯擦一些消炎药，让他的伤口尽快愈合，然后他就回来了。那时候他年轻，肉比较多，两块弹片就像牙缝里的菜，并不能把他怎么样。后来他老了，身上的肉慢慢收缩，那两块弹片就变得锋利起来，随时都会割破他的心脏，这半年来，几乎每隔几天，整个村的人都听到他痛苦的嚎叫。但是这个判断很快就被我们否定了，因为刘广大家在加广山下，如果要去他家，应该是往下走，现在，村里并没有一个人朝他家走去，这足以说明刘广大依然活着。我们三兄弟几乎把村里六十岁以上的老人都说了一遍，都没有得出村里死人的结论。后来，我们不得不把注意力放在四十岁以上的人。四十岁以上的人我们首先想到钱飞，钱飞在柳州捡垃圾，他喜欢到灰尘大的地方去，他说灰尘大的地方也就是垃圾最多的地方，所以，哪个地方尘土飞扬，他就愉快地朝哪个地方跑去。他最怕的一件事就是柳州哪一天突然就不再尘土飞扬了，那他也就失业了。为什么我们首先想到他，是因为上个月他突然回来了，瘦得像一根干木头，脸灰黑灰黑的，至于患了什么病他说连医生都说不出来。回来后，他一天到晚自己一个人在山上吃叶子，什么叶子他都吃，吃得脸都变绿了，也许他吃到了什么有毒的东西，两腿一蹬就过去了。但是我们很快就否认了这个猜测，如果是他，那我们加广村是不会像现在这么平静的，他的老婆嗓门很大，如果钱飞死了，她不哭得惊天动地才怪呢。她是我们村里唯一不劳动的女人，靠钱飞捡垃圾，她在我们村生活得非常的体面，经常召集人到家里打麻将，输个二三十元从来不心疼。我哥问我，昨晚你听到哭声没有？我说没有。我又问我弟，你呢，你听到没有，我弟也说没有。我说，那就不是钱飞。我们又想起会不会是马亮？马亮一天到晚就会喝酒，两年前甲醇中毒瞎了一只眼，他也没有因此而害怕，一天到晚就知道喝喝喝，几天前突然不喝了，而是躺在床上吐血，我们认为他快了。但想想又不像，因为马亮的儿子马小松跟我弟是好朋友，如果他死了，马小松会在第一时间跑来我家，敲我家的门，把他爸死去的消息告诉我弟。不是马亮，那会是谁呢？我们把四十岁以上的人都猜了一遍，包括烧石灰的韦金多。韦金多每天都跟石灰打交道，肚子里肯定全是石灰，除此之外，他经常扣我爸的钱，我爸帮他往拖拉机上装石灰，十车石灰他会假装记不清楚只算八车的钱，我爸经常跟他吵架。他应该死两回才合适，虽然他是我家的亲戚，我爸跟他一起都属"金"字辈。我们正在说着，我弟就喊了起来，你们看，韦金多！透过我家破烂的墙壁，我们就看见韦金多了。他穿得破破烂烂，比烧石灰的时候穿的还烂，他的后面，跟着一大群和他一样的人。你们猜他们往什么地方走？他们在往我家走哩。这时候我们三兄弟才灵醒过来，村里谁都没死，原来他们是要来我家，他们像奔丧一样地朝我家涌来，那阵势，就像我家同时死了两个人一样，远远地，我们都听得见他们走路的声音。我哥慌了，说，快，快去告诉爸和妈。

我爸和我妈早就在门口等他们了呢。

他们一人坐在一张矮凳子上，看着那些走来的村里人，眼睛眨都没眨一下，好像早有准备。我们三兄弟见状，也静下心来，找了三个小板凳，坐在爸妈的身边。

我说，爸，他们要干什么？

我爸反问我，你说他们要干什么？

我哥说，像是要来我们家拿东西。

我弟说，要是这样我跟他们拼了，说着就要去拿刀。我妈一把将他拉回凳子上，蠢仔，我们家能有什么东西让他们拿？！你没看见，他们都是笑着来吗？

所有的人都微笑着朝我们家走来。我们从来没有看见过这么多的笑脸。笑容使年少的人脸上起了皱纹，使年老的人脸上皱纹更多。特别是韦金多，以前我们从来没见他笑过，他除了喜欢和我爸吵架之外已经不知道还喜欢什么，现在他走在队伍的前面，笑得比哭还难看。我心里突然有一个想法，他会为他今早上的笑容后悔的。因为我想到了我哥韦虎，我隐约觉得，这个早上，是因韦虎而存在的。

我就有点慌了。我拼命想韦虎十年前的那声嚎叫，但是这也不管用，我的脚还是打抖，跟我在柳州去讨工钱时被他们拿刀抵住我的胸口那样。我的手使劲地压住我的腿，可连手也抖了起来。我爸看见我脸色不好，他让我到家里面去，我不想去，他说你喊我一声爸，我喊了，那声"爸"在我嘴里碎得一塌糊涂，都听不出是在喊谁。我爸说，连"爸"都说不清楚，你就不要在这里给我丢脸了。我只好拿着凳子，走进家里。我进来不久，我弟也拿着板凳进来了。我弟进来不久，我哥也进来了。我们三个人猜，我妈等一下会不会进来。可我妈没有进来。

灰尘包围了我们的房子。我家门口黑压压地坐满了人，韦金多离我爸我妈最近，他脸上的笑容让人生厌。我都想跑出去，让他坐远点，不要离我爸我妈这么近。你们猜我们还看到谁？我们还看到杨满栏、乜春、刘广大、钱飞和马亮，今早他们在我们的嘴里死了一回，现在他们不但不死，而且还出现在我家门外，他们的生命力真是旺盛啊。他们和韦金多一起，都争着和我爸说话。我真怕他们说着说着就倒在我家门口，从此再也站不起来了。但是我的担心是多余的，因为他们的话老是被我爸打断。你想，现在是什么时候，我爸会让他们先说吗？！肯定是我爸先说啦，不过他说什么都是在帮韦虎说假话。我们三兄弟在家里，心头突突突地跳。我们怕他们揭穿我爸的谎言，突然把我们家掀翻了。

要命的是，我妈也跟在后面说，她的嘴型跟我爸一模一样，好像经过训练一样。他们真的是一对好夫妻。

我觉得我们不是我爸我妈的好孩子,如果是,我们就不会如此紧张。我爸我妈此时肯定希望我们坐在他们身边,天知道接下来会发生什么事?如果真的发生什么事,比如说突然发生打斗,那我们就对不起我爸和我妈了,因为在我们跑出去之前,我爸和我妈肯定被他们踢翻在地。我不能让我爸和我妈被他们踢翻在地,我想我一定要当我爸我妈的好儿子。不管什么时候都要坐在他们身边。一想到打架,我就不怕了,我觉得我肚子里的气出得很顺畅,我看了我哥和我弟一眼,他们也跟我一样。于是我们打开家门走了出去。

但是一切已经结束。人群已经散去。我爸和我妈脸上全是灰尘,他们好像刚刚经历了一场艰难的劳动。我弟飞快地返回家中,将一盆水打到他们面前。早上的太阳出现在脸盆里,照得我们眼睛生疼。我哥说,爸,你都跟他们说了什么?

我爸边洗脸边说,我懒得跟他们说太多的话,如果我再跟他们多说一点,他们肯定赖在我家不走,好像韦虎已经回来了一样。所以,我只好跟他们说,不要都挤在一起,一个一个来,而且不要白天来,白天我们要劳动,你们也要劳动,在白天说话,好像我们全部是懒汉似的。

我妈接着说,从今天晚上起,我们家每天晚上都将有人来串门,他们每一个人都将低着头来到我们家里。

我弟说,那我们该怎么做,难道只是听他们说话?

我爸说,对,从今天起你们要学会听别人说话,不管他们说的话有多难听。说完他做了一个切菜的手势,我不知道他为什么要做这个手势。不过我觉得,今天他做了这个手势,他就跟我昨天的那个爸有点不一样了,因为他现在,有点像一个老是在别人面前做报告的人了，大概他现在已经忘了他自己是一个嘴巴裹着毛巾，不停地往拖拉机上装石灰、每隔一下就要吐口水的人了。

夜晚，韦金多来到我家中。他要坐在我爸我妈的面前，但是我爸不让，他要他坐在韦虎的照片前。他说，你跟我说没有用，你要跟韦虎和韦虎的摄像机说才有用。你要跟我说的话我都知道了。平时在韦金多的石灰窑上，韦金多总是对我爸说，老韦，你装石灰的时候，那些没有烧过心的石灰也要拣一点装，要不然我要亏本了。但是这个夜晚他没有这么说，他从我爸面前移到韦虎的照片面前，看着韦虎的照片，一下子就不知道要说什么。他说，老韦，我不习惯这样，"文革"的时候别人对着毛主席像说话，我都不说，因为我说什么他老人家都听不到。现在也是一样，你说，我说什么你家韦虎会听得到吗？

我爸说，他肯定听不到，但你不是对着我家韦虎说，而是对着他身边的摄像机说。你现在不准备好，等到那架机器有一天突然朝你瞄准的时候，你就会慌乱得说不出话来，这不是开玩笑的事，这跟烧石灰装石灰一样严肃。

韦金多双眼看着韦虎，像看毛主席那样迷惑，现在他是不是想到他烧石灰的情景：一颗颗石头被他装在石灰窑里，半窑石头，半窑草木，那些草木半干半湿，发出腥甜的味道。装窑前韦金多一个星期不会近老婆的身体，早上出门，也怕看到村里的女人，特别是点火的这一天，为了避开所有的女人，他半夜就会来到窑上。在点火之前，他点燃三炷香，扑通就跪在地上，三个响头之后，喊道：可怜可怜我吧！可怜可怜我吧！就像讨饭一样，我爸最看不惯他这样喊了，说他不像个男人。但是他扣起我爸的钱来，语气又像个男人了，像个凶恶的男人。

说吧，金多。我爸说。

韦金多扑通一声就跪在韦虎的像前，眼泪就流出来了。这可把我们全家吓了一大跳，这个韦金多，怎么就跪下了呢，又不是在烧石灰。

韦虎，我对不起你爸啊。我和你爸一样，都是苦命的人啊，你说，我烧石灰，他装石灰，能幸福到那里去？！

这时候我爸打断了他的话，金多，你自己说你自己，不要也扯上我，我是韦虎的爹，难道我苦不苦命他还不知道吗？

韦金多就不再把我爸跟他扯在一起。他对韦虎的照片说：

我叫韦金多，都安县拉烈乡加广村人，我是个烧石灰的，我活得不好。我一个月烧三窑石灰，我自己打炮眼，自己填炸药，自己点炮，自己装窑点火。我不敢请人啊，如果我请人打炮眼，那我的二十斤石灰就没有了，如果我请人填炸药，那我的三十斤石灰就没有了，如果我再请人点炮，那我的五十斤石灰就没有了。石灰是我的命啊，我怎么能把命让给别人呢？！本来我也不想让你爸帮我装石灰，但是烧完石灰我哪里还有力气哟。哪一次我不是累得趴在地上，眼睁睁地看你爸往别人的车上装石灰，他每倒一筐，我的心就疼一下，因为，他是从我这里拿钱啊，我恨不得爬起来自己装，但是我哪里还爬得动哟。我的力气全在那石灰窑里了。我烧石灰，其实就是烧我的力气，烧一窑石灰，我的力气就会少一点，烧一窑石灰，我的力气就会少一点。我跟你说吧，我现在已经没什么力气了,我已经没有力气再生一个儿子了。我烧石灰是为了什么,就是为了给儿子攒钱呀,现在钱没有攒到,儿子也没力气生啦……哈哈哈。

韦金多哭了起来。韦金多有三个女儿,他一直想生个儿子,但是他身体里的儿子都被石灰那呛人的味道烧毁了。我想到我爸,好在他早早就生了我们,生完我们他才去帮韦金多装石灰,如果再晚一点,我们中的某个人就像韦金多身体里的儿子那样,被石灰的气味给活活熏死。

韦金多接着说:

他们跟我说,要想生孩子可以,那得先把石灰窑封了。韦虎啊,你说,封了石灰窑我们家吃什么?我们一家人的命,全都指望这口窑啦,连命都没有了,还生什么儿子呀?!我的命真是太苦了。

韦金多的眼泪不停地流,他那种又想要命又想要儿子的劲头看了让人难受。但我爸不怎么难受,因为韦金多经常克扣他的钱,韦金多伤心,他反而感到高兴,但是他又不敢太高兴,因为,他吃不准他还去不去韦金多的石灰窑上装石灰。

我爸说,金多,够了,够了,韦虎的胶片很贵的,他不会拍你这么长时间的,我估计你哭的镜头他可能不会拍。在加广村,其他人都种米,就你一个人办企业。如果在解放前,你就是地主,韦虎给不给你拍我都怀疑呢,不过我尽量帮你说好话,争取让他也拍一拍你。但是你不要哭得太伤心,好像是我欺负了你一样。

韦金多说,金干,这样我就放心了,我还欠你三车的石灰钱,我明天就拿给你。

爱喝酒的马亮带着他的儿子马小松来到我家，他们和韦金多一样坐在韦虎的照片前，像两个听话的孩子。当然，马亮没有忘记带一瓶黑乎乎的红薯酒，酒瓶是医院的葡萄糖瓶，那是他去拉烈乡卫生院住院时吊完针后跟护士要来的，上面还写有他的名字。这个瓶子的瓶塞是橡胶做成的，使劲打开，就会发出"砰"的声响。现在，马亮的左手紧握着瓶子，像拿着一件宝贝一样，都舍不得放在地上。每隔一下，我家就会出现"砰"的开酒瓶的声音。

马亮边喝酒边说：

韦虎，我没醉。今天的第一口酒我在你家喝。不信你问你爸，现在我身上一点酒气都没有，所以我跟你说话，你不要当成酒话。韦虎，我们的命贱，加广村的每一个人，包括你爸你妈你哥你弟都是命贱的人，你知道我经常想什么吗？我经常想，不知道我还活不活得到明天。

马亮说的是真话，那天早上，他和杨满栏、乜春、刘广大、钱飞、韦金多他们一起，在我们三兄弟的嘴巴里就死了一回。只要他还在喝酒、韦金多还在烧石灰，他们就会不停地在我们的嘴巴里死去，直到有一天他们真的死去为止。

马亮说：

但我不会是醉死的。他们说我们加广村空气好、吃的瓜菜都是绿色食品，生活在这里，人肯定长寿。我去他妈的，可是我们没有肉吃啊，没有肉吃能长寿到那里？！能长寿到哪里？！我们贱不要紧，我们的孩子也跟着贱，读书读不好贱，读书读得好也贱，读书读不好他们怨天，读书读得好他们就怨我们了，不说到柳州去读，就是到都安县城去读，他们空空的口袋就会让他们不停地骂娘。小松,你说,你骂没骂过娘?

马亮的儿子马小松读书读得好,到都安县城读初中,学费虽然不用缴,但是吃饭穿衣却成了问题。只读了一年,就回来了,回来前的那个冬夜,他和几个同学冷得直打哆嗦,马小松对同学说,太冷了,我请你们烤火。他将自己所有的书本拿到一个偏僻的角落点燃,他和同学足足烤了半个小时。

马小松说,爸,我没有骂过娘。

马亮说,真的没骂过?

马小松说,骂是骂过,但是我没有骂娘。

马亮说,那你骂谁。

马小松说,我骂加广村。

你怎么骂?

操你妈的加广村,穷得卵朝天!

你听,你听,连一个读书读得那么好的人都会这样骂,韦虎,你说我们还有什么希望。我经常想这样喊:天啊,你杀死我吧!你杀死我吧!

马亮在我家喊了两声,接着就倒在韦虎的照片前,好像已经被老天杀死了那样,那一瓶酒不知什么时候已经喝完了。马小松去拉他说,爸,你起来,你快起来,我们回家。我弟去帮他,他和马小松是好朋友,他们俩把马亮架出我家的门口,消失在黑夜中。

我爸说,以后马亮再来,不准他把酒瓶带进来。

第三个来到我们家的是钱飞。钱飞拄着棍子拐进我家,他脸上的皮皱得厉害,在我家昏暗的油灯下,我们都不认识他就是捡垃圾的钱飞了。他没有坐下,那根棍支撑着他,你根本不用担心那根棍子会被他压断，因为他看起来轻飘飘的，像棍子上一张耷拉着的黑旗。他将韦虎的照片打量了半天，脸上的皱纹开始抖起来了。他说：

韦虎，你认不出我了吧，你还记得你在我的小房子里过夜的事吗？那时你的头发还没有这么长，穿的也没有这么好，也还不知道拍什么电影，你来找我的时候我还以为你来学我捡垃圾呢……

这个钱飞有点好笑，捡垃圾还用学吗，几个编织袋往肩上一耷，就可以上路了。他说的是韦虎去北京路过柳州时的事情，韦虎到柳州时为了节约钱而到他的垃圾屋住了两个晚上，吃了两天饭。当时钱飞捡垃圾捡得非常起劲，他的手头第一次有了500块钱，他一边拿着500块钱不停地在韦虎的面前数，一边对着韦虎说着捡垃圾的好处。后来他把最值钱的垃圾倒出来一样一样地数给韦虎听，什么可乐罐啊，什么烂钢管啊，什么水泥袋啊之类的，最后还劝韦虎不要去拍什么电影，跟他在柳州捡垃圾就算了。十年前柳州到处是工地，垃圾多得怎么捡都捡不完。他不知道韦虎肯定不会捡垃圾的，他不去北京，就是一名教师了。

钱飞继续说：

我现在捡不动了，现在我只能捡药了，什么药我都捡。加广山上的每一种叶子我都吃过，苦的酸的辣的，我吃得都上瘾了，如果没有这些叶子，我还有力气站在你面前吗？我不会死的，我还要等你回来，拍一拍我，我没有什么可说的，我就把每一种能卖钱的垃圾的名字都说给你听，很长很长的名字，可能要大半天时间呢。不知道你愿不愿意，如果你愿意，我就开始说啦……

我爸说,别别别,等韦虎回来了你再说吧,你一说,我们全家今晚都不能睡觉了。

钱飞有些难受,他看着韦虎的像,嘴唇翕动着,看得出他要和韦虎交流的愿望是多么的强烈。好像这个夜晚,他不把所有能卖钱的垃圾从嘴里吐出来,他的病情就会加重似的。但是我们也没有什么办法,他不知道我们全家一听到垃圾两个字,就会想起我们破烂的生活,就会因此而伤心。

钱飞只好走了,像一杆黑旗。

接下来是刘广大。他的胸前挂着勋章。勋章的图案已经看不见,因为他经常戴出来展示给人看,日晒雨淋的就变得模糊了。这段时间,他每天晚上都要嚎叫两遍,来抵抗身体里那两块美国弹片的袭击。如果他只叫一遍,我们就会竖着耳朵,等着他喊第二遍,如果他不喊,我们就会认为他已经死去。在我们村,他是一个随时都会死去的人之一。我们没想到他会来,他跟跄着走进我家,气喘吁吁。一进门他就说,我要赶快跟韦虎说,我不能在你家喊疼。原来他抓住两次疼痛间歇期的时机,来完成他对韦虎的倾诉,看得出为了这次倾诉他积蓄了很久,好像今晚再不说他就没有机会一样,匆忙而又迫不及待。他哇哇哇地说开了。他说得太快,好像身后仍然有两块美国弹片朝他飞来似的。所以我们没有一个人听清楚他是在说什么。我们全家人都竖起了耳朵,但是仍然听不清楚。

我爸说,慢一点,你能不能慢一点?

刘广大说,不能慢,如果慢下来,我的话就说不完了。

我们只好由着他在韦虎像前劈劈啪啪地乱放炮，他是在跟韦虎说话，又不是跟我们说，我们听得清楚听不清楚又有什么关系。

但不管怎样，最后刘广大如释重负。我倒了一杯水给他，他没有喝，他说我得走了，我不能在你家喊疼。

后来是乜春，在韦虎的照片前，她什么也没有说，两眼直愣愣地看着韦虎，然后就去摸那根挂照片的绳子，二十年来，她最感兴趣的东西就是绳子了。她的女儿盼春将她拉住。这个时候我才知道盼春是多么的艰难，做一个随时准备要上吊的人的女儿是多么艰难。漂亮的盼春至今没嫁，她一天到晚都陷入和她妈的较量之中。我想，会不会是这样：如果乜春头一天死去，第二天她家的门槛就会被求婚的人踏破？乜春根本就不知道韦虎是谁，一个常年生病的女人，她的脑子肯定只有天堂，而没有村庄，更不用说村庄里的人了。另外，一个经常闹上吊的人，她会有什么话跟别人说？她什么都没说。后来我们才知道，是盼春骗她来的，盼春说，你们不要指望我妈说一句话，我骗她来只想让韦虎看一看她，因为她是一个可怜的人。让韦虎看一看她我就心满意足了。乜春身上发生太多的奇迹，只要她活一天，奇迹就会发生一天，也许，她把我们村全部的好运都抢走了？

…………

这些个晚上，韦虎的照片前总是站着喋喋不休的人，韦虎是他们的神，他面前的地板，被踩得光亮。但是不管他们说什么，他都用同一种表情看着他们，就像以前的毛主席一样。从此以后，当我们走过他的照片跟前，都会小心翼翼，生怕一不小心，韦虎的照片会跌下来，摔个粉碎。

我妈说，村里的人都跟韦虎说了，我们要不要也说一说？要不然他回来时，我们反而不知道说什么了。

我爸说：说个卵，我是他爸，等他回来了，我先要他恭恭敬敬地来到我们面前，喊我一声爸，再喊你一声妈，然后我们再跟他说。如果我不高兴，我还会扇他一巴掌，过了十年才回来，哪个儿子像他，又不是出国，他妈的。

我们都盼韦虎早一点回来。整个加广村的人，都在等他。每天都有人打听：韦虎什么时候回来？

那两个陌生人敲我家的门时外面正在下雨。细细的那种雨，这样的雨要下十天半个月才停。我家的老树根燃得正旺，火灰里的几个红薯已经被烤裂了皮，家里全是熟红薯的味道。我们都围在火边，等着吃那几个红薯。这时候门响了，我妈去开门，两个穿着军大衣的人站在我家门前。当他们看见我们的时候，脸上的表情异常的惊喜。他们中的一个说，这是韦金干家吗？

我妈说，是啊，你们是？

我们是韦虎剧组里的，大娘，可找到你们了。那人说。

我爸听到韦虎这两个字，马上从火边跳起来，韦虎呢？韦虎在哪里？他的声音很大，让人一听就知道他是韦虎的爸爸。他走到来人面前，说，韦虎回来了没有？我怎么没看见韦虎？一副要把韦虎揪出来的模样。

我妈连忙把他拦住，你急什么，先让客人进来烤火。进来，你们快进来。她把两个客人请进家里，让他们坐在燃得旺旺的老树根边。两个人把军大衣脱了，其中有一个是香气四溢的女人，她穿着好看的衣服，她身上的香味盖过了红薯的味道，熏得我们三兄弟有些不自然。她看了看我们破烂的家，自言自语道，哦，这就是韦虎的家。

韦虎呢？我爸光知道问韦虎。

陌生男人说，大叔，韦虎晚点才到。

晚到什么时候？他为什么不跟你们一起回来？

两个陌生人笑了起来，等我们把外景搭好，韦虎才回来，大叔，想韦虎了吧？

我爸不知道外景是什么意思，陌生人把韦虎的一封信交给我爸，韦虎在信中说，要我们帮一帮陌生人，在加广山下的玉米地里，建设一个村庄。

原来搭外景就是建设一个村庄。我们不明白韦虎为什么要建设一个村庄，我们村不是现成的吗？还要费那些功夫干什么。

来人从旅行包里拿出一张图，他对我们说，你们看，这就是我们要做的外景。我的天，图上一共二三十间房子，一间比一间漂亮。我们这才知道韦虎为什么要我们在加广村的玉米地里建设一个村庄了，因为我们的房子太破烂了，拍起电影来会非常的丢人。这让我们觉得我们村的房子有点对不起韦虎。

陌生女人说，大叔，这得麻烦你们了，时间紧，任务重，我们要在半个月里搭好景，然后韦虎才能回来拍电影。她要我们发动村里的人帮他们搭外景。她说她会付给我们钱。但是我们怎么好意思要她的钱呢，不是别人在拍电影，是我们的兄弟韦虎在拍电影，我们怎么好意思要兄弟的钱呢？

我们不要钱!

这是一年最冷的时候,马上就要过年了,天还没有晴下来的意思,我们加广村一百多号人全在村里忙活,砍树、抬树、平整玉米地,连杨满栏的两个懒汉儿子杨尚山、杨尚岭都来帮忙了,他们嘴巴含着自制的烟卷,但很快就被雨水打湿了。这让我们十分感动,我和我哥我弟商量,如果他们的爸爸杨满栏死去,别人不去帮忙,我们三兄弟一定要去,而且是帮着抬棺材。

加广山前的那块玉米地,堆满了树木、瓦片,那两个陌生人手拿图纸,指挥我们做房子。我们加广村的人不停地问他们,这样对不对?这样对不对?那两个人有时候点头,有时候皱眉头,我们加广村的人不怕麻烦,做错了就改,在细雨里把木头变成木板,再把木板变成墙壁。我爸说,我们又回到了在生产队干活的时候。确实是这样,连韦金多都来了,他可是一个烧石灰的人啊,他上到房顶盖瓦片,雨水沿着他的鼻子尖滴下来,他也顾不得擦,好像在盖自己家的房子。十天,我们只用了十天,用来拍电影的村庄就建好了。陌生人让我们在所有的房子上涂满油漆,这下这个村庄就变得非常的漂亮,我都想在里面的某一间房子里睡上一觉,但是天气太冷了,在里面呆一下你就得赶紧跑出来。没有火根本不行。还是我们燃着老树根的家好。那两个陌生人一直都住在我家,他们两人共睡一张床,那是我爸和我妈的床。因为拍电影的村庄建设得快,两个陌生人非常高兴,他们在我爸我妈的床上经常弄出些声响来,让我们三兄弟睡不着觉。最难过的还是我爸我妈,因为如果谁家里有陌生的男女过夜,而且弄出些不好听的声响来，那么谁家这两年养猪养鸡养羊养狗就养得很不顺利。这可不是开玩笑的事情。我想我爸我妈肯定是想到了韦虎，如果不是韦虎，他们半夜肯定会爬起来，将两个陌生的男女从我家里赶出去，因为在加广村，猪鸡羊狗就是我们的命啊。

天晴的时候韦虎回来了。建完涂满油漆的村庄后我们都累得不行，都没有力气，也来不及在五个山顶上砍掉五棵大树。那天是大年三十，十点钟的时候，太阳暖融融的，涂满油漆的村庄突然就热闹起来，五六十个穿军大衣的人突然就出现在那里，他们烧火做饭，架灯拉线，一派繁忙的景象。全村的人都忘了过年，涌向那里。

在那里我们见到了韦虎。

我们没想到在那里会见到韦虎，我们以为他还没有回来。因为陌生的男人女人没有告诉我们他会在今天回来。他们不应该这样，他们不应该不把我哥韦虎回来的消息告诉我们，亏他们还在我爸我妈的床上睡了那么长的时间。从那时起我对这两个人就没什么好感了。

当我们跑到那里，看见一个穿着军大衣，拿着对讲机不停喊话的人时，我们三兄弟都惊呆了，这不是我们家的破墙壁上挂着的那个人吗？他是我们的亲兄弟，他已经十年没有回来了，他一回来不去看爹看妈看兄弟，而是跑来这里吃喝，今天可是大年三十！大年三十啊！他应该回到他的燃着老树根的破房子里，我爸说了，这间房子有他的一张床。

我哥喊：弟！弟！

我和我弟喊：哥！哥！

我们的眼泪就流下来了，我对我弟说，快去喊爸来，快去喊妈来。我弟一边抹眼泪一边朝家的方向跑去。

村里的人很快将韦虎围住。他们说，韦虎，我们终于等到你了，韦虎，什么时候开始拍电影？韦虎说，快了，今天就拍。

我们挤进去，扒开人群，挤到韦虎面前。韦虎看见我们，咧嘴笑了，我们三个人抱在一起。我们的泪水，打湿了韦虎的军大衣。这时候他的对讲机里沙沙传来一个男人的声音：导演，光和景都布好了，要不要验一验。韦虎将我们推开，很无奈地朝我们笑了，他看到我们眼睛里流着泪，他说，干吗呀这是？接着他又说，告诉爸妈，晚上我回去。之后他拍了我们两下，就忙他的去了。等我爸我妈哭着喊着跑来的时候，已经找不到他了。

陌生的男人女人说，韦虎很忙，今天还得拍两场戏。你们就在这里等他吧。我爸我妈说，我们已经十年没见他了，我们想进去看一看他。陌生的男人说，你们进去会影响他工作，你们还是在这里等他吧。

我们5个人只好坐在涂满油漆的村庄外面等韦虎。在一个小土坡上，我们伸长脖子等待。我们的身后，是烧石灰的韦金多、爱喝酒的马亮、捡垃圾的钱飞、身上有弹片的刘广大、经常上吊的乜春——盼春又一次把她骗到这里，还有杨尚山杨尚岭两个懒汉兄弟以及加广村的其他人，一共五六十人的样子，他们全挤在这里，等着韦虎拍电影。

里面的人忙忙叨叨，准备要演戏的人走来走去，韦虎坐在一个电视机面前拿着对讲机跟人说着什么。

我爸喊了一声，韦虎！

我妈也跟着喊，韦虎！

韦虎抬起头朝这边笑一笑，又招了招手，就低头忙他的事情了。

这时有人走过来，对我们说，老乡，我们是同期录音，你们在这里看可以，但是不要出声。我爸跟他说，我是韦虎的爸爸。他指着我妈，她是韦虎的妈妈，又指着我们，他们是韦虎的兄弟。

来人说，那更好办了，你们不要带头说话，要支持韦虎的工作，好吗？

于是我们谁都没有说话，静静地看里面到底发生什么，很快我们就被里面发生的事吸引住了。

里面的人正在过好日子呢，他们正在结婚呢。韦虎拿着对讲机喊开始，他们就在里面结婚了，一看就是有钱人家的孩子结婚，里面的男男女女，衣服穿的油般鲜亮，连打下手的人都透出一股神气来，都快分不出谁是新郎新娘，谁是来帮忙的人了。他们在里面吹吹打打放鞭炮，一遍又一遍，把我们都看呆了。我敢说，我们加广村的二十场婚礼加起来，都比不上这一场婚礼隆重。这样的婚礼不像是韦虎想出来的，我们加广村的人结婚他又不是没见过，我们加广村的人结婚，新郎新娘灰头土脸，吃了一大碗肥肉，就进洞房了。

我爸小声说，不像，一点都不像，我们村没有一个人是这样结婚的，见了韦虎，我得跟他说。

我妈说，你糊涂了？韦虎拍的又不是我们加广村，如果拍的是我们加广村，那他就不会在房子外面都涂上油漆了。

烧石灰的韦金多说，我原来以为我们建造的这个涂满油漆的村庄是给韦虎拍我们时准备的，我没想到他会带这么多的人来，他们看起来很有钱，而且跟我们一点关系都没有，金干，你问韦虎，他什么时候来拍我们，要说什么我都准备好了。

韦金多周围的人纷纷说，是啊，我们都准备好了。金干，我们要说什么你都听见了的，我们说的话，可不是放屁啊。

这时候突然有人"哎哟"了一声，我们回头一看，原来是刘广大，他身上的旧伤又发作了，他惨叫一声，随即在地上打滚，声音盖过了在里面结婚的人。于是他们就停下来了。

怎么回事？有人走出来问。

我爸说，没事，过一下他会好的。

来人说，你们能不能把他抬走，我们是在同期录音，他的声音都录进去了。

这有点好笑，在电影里，结婚正在进行，突然就夹杂着刘广大的一声惨叫，一个有钱的村庄，突然就夹杂着我们加广村的一声惨叫。等下我要让我哥韦虎把刚才的画面放给我看，我想听听刘广大的声音在电影里是什么样子。

几个人把刘广大扶走了，他呻吟的声音还从远处传来。

但是我们已经不能安静下来看韦虎拍电影了，因为韦金多、钱飞、马亮、乜春的女儿盼春以及其他村民一起，把我们一家五个人团团围住，他们有问题要问我们。

韦金多说，金干，你不是说韦虎回来拍我们吗？现在到底是怎么回事，我们等他等这么久，他看都不看我们一眼。

钱飞绿着脸说，他们在里面结婚，在里面吃肉喝酒，日子过得比我们还好。

马亮说,我原来还以为,这些涂满油漆的房子,是给我们准备的,原来不是,金干,你是不是骗我们啊?我们可不是好哄的啊。

村里的人纷纷附和,我们不是那么好哄的。现场的气氛就变得紧张起来,好像在开我们家5个人的批斗会。我爸有点抬不起头,毕竟他有点心虚,但也怪不得他,他也是受了委屈的。韦虎回来后没叫过他一声爸,自己的孩子回来后没叫自己一声爸,而是指挥别人在涂满油漆的村庄里结婚,吃肉喝酒,你说,可怜不可怜?我妈也一样,但是她比我爸坚强,她说,你们怎么知道韦虎不拍你们,今天是年三十,韦虎先让你们过年,过了年他就会把机器对准你们,到时你们想不要他拍都难。

她又说谎了,其实她连仔仔细细看韦虎的机会都没有,就替自己的孩子说了一个谎。她真是一个好妈妈。

这才安静下来。村里人见这里的一切跟他们没有什么关系,都纷纷回去过年了。看热闹的小孩很快也被他们的家人叫走了,这里冷冷清清的只剩下我爸我妈,还有我们三兄弟。我们五个人排成一排坐在土坡上。我们要在这里等韦虎。我们要等他一起回家过年。

已经是下午了,村庄里的戏拍了一遍又一遍,还没有停下来的意思,看得我们都累了,要不是里面坐着我们的兄弟韦虎,我们早就回家过年了。我爸有点紧张,看得出他还在为刚才的事烦恼,韦金多他们可不是好对付的,如果他们没有从韦虎这里得到好处,他们肯定会跟我爸没完没了,这个涂满油漆的村庄，可是他们帮着建起来的。现在，我爸比谁都更想见到韦虎。但是韦虎在涂满油漆的村庄里不紧不慢，一遍遍喊开始，又一遍遍喊停下。他不知道火已经烧到我爸的眉毛上啦。我的心也开始突突突地跳起来。

我爸开始坐立不安，他越来越烦躁，他对我妈说，不行，我要进去找韦虎，说完他站起来，走下土坡。

我们没想到我爸会来这一手，也跟着站起来。我妈不同意他这样做，她说，金干，你要干什么？你不能去啊，韦虎在拍电影呢。

我爸说，我要喊他停下来，我都等他半天了。

我妈说，你疯啦，你这样会耽误他的事情的。

我爸说，我管不了那么多啦，我现在就去让他停下来，我有话要跟他说。

我妈一把拉住我爸，金干，你不能去啊。

放开！我爸挣脱我妈的手，走下山坡。

我妈急急地说，蠢仔，还不快拉住你爸。

我们三个就冲上去抱住我爸，我爸在我们三个人的怀里挣扎。我们三兄弟的力气很大，他再也动弹不得。他只好对着涂满油漆的村庄喊：

韦虎，你出来！韦虎！你给我出来！我是你爸，韦金干！

我爸的喊声震得我的耳膜嗡嗡作响，看来他已经使尽了全身的力气，我敢肯定，我们整个加广村的人都听见他的呼喊。

这时候村里有人放鞭炮，他们已经开始过年了。

韦虎从里面走出来。他看起来很累，眼睛红红的。他来到我们面前时我们三人还抱着我爸。韦虎将我们拉开，他说，爸，你怎么啦？

里面的人都停下来，看我们一家人在山坡上团聚。其实他们是在等待，我看见他们很多人都在低头看表，他们肯定是希望韦虎快点进去，指挥他们演戏。但是我爸的犟脾气发作了，他从十点钟等到现在，已经等得不耐烦了，现在，他管不了那么多啦，他要韦虎跟他回家。他说，你如果是我的儿子，你现在就跟我回家。

韦虎不解地看着我爸，又看一看我们。不知道到底发生了什么事。他的手里还拿着对讲机，里面沙沙地传出话来，他们在催韦虎，有人说，导演，什么时候才开始？光线越来越弱啦。

韦虎抬头看天，天开始暗下来了。韦虎有些着急，但是他又不好扔下我们不管，一副两边都舍不得的样子。他说，爸，我正在忙事情，怎么回去呢？你看，他们一帮人都在等我呢。

他们重要，还是我重要？我已经等你十年了。

这个时候韦虎竟笑了起来，他以为爸在发神经呢，他说，爸，你看，十年你都能等，这一下你就不能等了？！

我爸再也受不了了，我看见他的眼睛流出眼泪。我操你妈！你这个野仔，你这个背时鬼！他指着韦虎破口大骂，十年的怨气变成恶毒的语言，声声都要韦虎的小命。后来他还觉得这样不过瘾，要动手打韦虎。如果我们不拦住他，韦虎的脸上肯定有我爸的手指印。我从来没见我爸这么生气过，就是韦金多克扣他的钱他都不生气。我知道今天他是忍无可忍了，因为他为了韦虎能回来拍电影，他骗了我们全村啊。

山坡下面的人不知道这里发生什么？他们都往这边看，韦虎的对讲机传来沙沙的问话：导演，发生什么事了？刚才我爸骂韦虎的话都通过对讲机传到他们耳朵里了，但是他们听不懂，因为我爸用我们加广村的土话骂韦虎，我爸那听不懂的怒吼肯定把他们吓呆了。可惜，他们看不见我爸的眼泪。

韦虎灰溜溜地看着我爸，很可怜的样子，我突然觉得，韦虎现在这个时候才像我们加广村的人。是的，被我爸骂过之后，他又像我们加广村的孩子了。我的心咯噔一声，我觉得韦虎就是在这个时候，才真正回到我们加广村的。

韦虎对着对讲机说：收工，今天不拍了。他的声音里透着满腹的委屈，他不知道，他怎么就得罪了他的亲爸。

我家的老树根燃得旺旺的，上面的一锅肉扑突扑突地冒泡，香得我浑身舒服。我弟到门口放了一包炮仗，我家的年夜饭就开始了。这时候天已经黑下来，这么晚才吃年夜饭，在加广村是很少有的。村里的人现在已经吃完年夜饭，远远地，已经传来他们酒醉后的歌声：

石头啊，嘿哟

黄泥啊，嘿哟

天雨啊，嘿哟

松木啊，嘿哟

口粮啊，嘿哟

磨盘啊，嘿哟

> 慢牛啊，嘿哟
> 好年啊，嘿哟
> ············

我们的碗里已经倒满了米酒，但是韦虎，我的亲哥，却叫我妈帮他舀一碗米饭，而把那碗酒移到一边，看来那碗酒他是不打算喝了。后来他发现我们都在看他，他只好把那碗酒又移回来。

如果是往年，在吃年夜饭的时候，我们三兄弟会跟我爸一起一碗接着一碗喝酒，大约八碗以后，四个人都醉倒在老树根的旁边，一直到天亮。而今年，由于韦虎一开始就端了一碗米饭，根本没有要喝酒的意思，我们就觉得很不对劲。我爸的手动都不动一下，他看着韦虎，他不知道，韦虎接下来想干什么。我想韦虎也许是拍电影拍累了，怕空腹喝酒会伤身体，而是先吃碗饭垫垫底。于是我们就看他吃饭，我们三兄弟争着给他夹菜，他的菜碟子很快就堆满了肉。韦虎发现我们没有动，只有他一个人在吃，他才知道我们在等他喝酒。他只好放下饭碗，拿起酒碗，朝我爸伸去。

爸，还生我的气啊？韦虎说。

我爸的脸抽动了一下，吐出一口气，说，先喝这碗酒再说吧。

我们都喝碗里的酒，咕嘟咕嘟，我听见酒流进我肚子里的声音。我第一个喝完，当我放下酒碗的时候，我看见韦虎在我面前痛苦地扭着一张脸。几秒钟的功夫，韦虎就变成这样了？我一惊，哥，你怎么啦？韦虎一手捂住嘴巴，一手朝我摆了摆,示意他没事,但是他却站起来,飞快地跑出门外。

"杀羊"声从门外传来。

在我们加广村,我们把酒醉后呕吐叫作"杀羊",为什么叫"杀羊",是因为呕吐的声音跟吃了一刀、将死未死的羊的叫声一模一样。

韦虎怎么这么容易就"杀羊"了呢?他的酒碗还是满满的,最多只喝了一口酒。只喝了一口酒,他就"杀羊"了,而且是在自己家里。如果这个时候有村里人在场,那我们家的人肯定被他们笑话的。

我和我哥、我弟赶忙跑出去,给韦虎捶背、递毛巾。我扶着他,我感觉他轻飘飘的,像一张纸一样。

哥,你没事吧?我说。

没,没事。他说。

都"杀羊"了还说没事,我们老韦家的人喝酒从来不"杀羊",包括我妈。韦虎今天有点丢人。

忙了一阵子,韦虎重新坐回来,他脸色苍白,好像大病了一场。我们再也不敢让他喝酒了,我想,只要他再喝半口,肯定就会没命的。我们让他吃饭,他说,我吃不下了,你们吃吧。这样一来就让人觉得这餐年夜饭吃得很不舒服了,我们吃饭,他在一边看着我们,这像什么话?不过我们也没有什么办法,他都"杀羊"了你说我们还有什么办法?我们只好默默地喝酒,吃肉,一句高兴的话都想不起来了。

我爸的脸色一直不好,自从回家之后他就没有说话,而是和我妈一起去准备年夜饭。我知道他有很多的话要跟韦虎说，他是想把这些话都放在吃年夜饭的时候边吃边说。现在，他已经喝了三碗酒，他开始跟韦虎说话了。

韦虎，爸求你一件事。

韦虎说，爸，什么求不求的，直说不就得了吗？是什么事？

我弟多嘴，他说，是拍电影的事，爸是让你……我爸瞪了他一下，他赶忙闭嘴。我爸接下去说，韦虎，你拍一拍我们村的人吧，他们帮了我们的大忙，涂满油漆的村庄是他们帮着建起来的，我们没有能力请他吃一餐饭，喝一顿酒，我和你妈还有你的兄弟也没有力气天天去帮他们，他们帮我们花的力气比我们全家人好几年的力气加起来都还要多，我们全家，什么都没有，只有你的摄像机了。

韦虎莫名其妙地看着我爸，爸，你说什么？这摄像机可不是我们家的。再说了，你让我拍他们？拍他们什么呀？

我爸说，不拍什么，你就让他们一个一个地站在你的镜头前说话。他们每一个人都有很多话要跟你说，他们已经站在你的照片前说了一遍了，不信你看你照片前的地板，都被他们踩得滑滑的了。

韦虎越来越莫名其妙，爸，这是怎么回事啊？他们怎么站在我的照片前说话呢？这可不是开玩笑的事情，我又不是神仙。

眼看韦虎一步一步地拒绝我爸，我有点急了。我已经喝了五碗酒，越来越想说话了，我想，如果我再不说，也许就来不及了。我说，哥，他们是把你当成神仙了，你是不是想看他们在你面前是怎么说的，我给你演一演。我不知道哪来的勇气，我站起来跑到韦虎的照片跟前，扑通就跪了下来，像当初韦金多那样：

> 我叫韦金多，都安县拉烈乡加广村人，我是个烧石灰的，我活得不好。我一个月烧三窑石灰，我自己打炮眼，自己填炸药，自己点炮，自己装窑点火。我不敢请人啊，如果我请人打炮眼，那我的二十斤石灰就没有了，如果我请人填炸药，那我的三十斤石灰就没有了，如果我请人点炮，那我的五十斤石灰就没有了。石灰是我的命啊，我怎么能把命让给别人呢？！……

再学捡垃圾的钱飞：

> 韦虎，你认不出我了吧，你还记得你在我的小房子里过夜的事吗？那时你的头发还没有这么长，穿的也没有这么好，也还不知道拍什么电影，你来找我的时候我还以为你来学我捡垃圾呢……
>
> 我现在捡不动了，现在我只能捡药了，什么药我都捡。加广山上的每一种叶子我都吃过，苦的酸的辣的，我吃得都上瘾了，如果没有这些叶子，我还有力气站在你面前吗？我不会死的，我还要等你回来，拍一拍我，我没有什么可说的，我就把每一种能卖钱的垃圾的名字都说给你听，很长很长的名字，可能要大半天时间呢。不知道你愿不愿意，如

果你愿意，我就开始说啦……
…………

    我几乎把来到我们家里的人说的话在韦虎的照片前都重复了一遍，我甚至学乜春摸韦虎照片上的绳子作上吊状，我不知道我为什么演得那么好，也许是因为喝了五碗酒，也许是因为我是韦虎的弟弟。演完后，我累得躺在地上，这时候酒劲发作了，我再也起不来了，我妈怕我冻着，叫我哥和我弟把我移到燃烧的老树根边，于是我暖烘烘的，舒服极了。躺在地上的我说，虎哥，你不拍他们就算了，但是你要拍一拍爸妈啊，他们是我们的亲爸亲妈啊，你也拍一拍我吧，我可是你亲弟呀。

    后来的事我就记不清了，我只记得我们家非常非常的安静，安静得不像是在过年。

    我弟使劲摇我，他说，起来，乜春死了！我被他喊醒了，坐了起来，我的头昏沉沉的。酒劲还没过呢。对于乜春的死我一点都不感到惊讶，不光他，包括韦金多、刘广大、马亮、钱飞、杨满栏甚至我们加广村的每一个人突然死去，我都不会感到惊讶。

    我弟说，我们快去看。

    我站起来跟他往外走，我发现我家空空的没有一个人。我说，爸妈呢？哥他们呢？

    我弟说，他们已经去看了。

    大概是深夜两点钟的光景，已经是大年初一了，我和我弟踩着炮仗屑朝乜春家跑去。但是，很快我弟就对我说，不对，我们走错了，应该往那边去。我弟指着涂满油漆的村庄，那里亮着灯火。

我说，怎么去那里？

我弟说，乜春就是在那里吊死的。

原来乜春不是吊死在自己家里，而是跑到涂满油漆的村庄里，她在那里找到了一根绳子。我一下子就清醒了，我可没有想到这一点。我想，一直在村里很难找到的绳子，怎么在涂满油漆的村庄里就很容易找到了呢？我们加快脚步。很快，盼春的哭声就传到我们的耳朵里，由小变大。

涂满油漆的村庄里站满了人，有村里的人，也有韦虎带来的人，昨天这里举行一场虚假的婚礼，今天马上就迎来一场真实的丧事，这是所有的人都没想到的事情。他们把乜春围在中间，乜春被一张白布盖住，她的四周是用来演戏的道具，一顶大花轿就停在离她不远的地方。好像她就是从那里走下来躺在这里的。

盼春扑在她身上哭，她边哭边说，在十二点钟的时候，她到村头的庙里求签（大年初一零点去求签是我们加广村人的习惯），回来的时候乜春就找不见了。她一遍一遍地重复这几句话，很凄凉，我都受不住了，鼻子酸酸的。由于乜春不是死在自己家里，她变成了野鬼，她的丧事也只能从简，由三五个亲戚将她草草掩埋。我们不能帮上什么忙。

我哥韦虎脸色铁青，我不知道他在想什么，可能他什么也没想，只是被这突然发生的事吓坏了。那些陌生的男人女人，离我们远远的，由于天还没亮，我看不见他们的表情。他们大概也和韦虎一样吧。

盼春的亲戚将乜春从涂满油漆的村庄里抬走,他们要在加广山上搭一个凉棚,等定好日子后将她掩埋。

我们也走了,我和我弟没有心思回家,我们就在加广村里瞎逛起来。我突然想起我爸求韦虎的事情,昨晚上我酒醉了,韦虎答不答应我并不清楚。

我问我弟,昨晚后来怎么样?

我弟说,虎哥说不可能,说这是个笑话,电影怎么能乱拍呢?

我说,那爸怎么样?

我弟说,爸还能怎么样,又不能打他,只好不出声。

我说,那我们应该怎么办?韦金多他们肯定不会放过我们。他肯定要来我们家闹,要不他就会去涂满油漆的村庄里闹。

想到这里,我们就没有心思逛了。我们回家。

天差不多亮的时候,我爸带着我再一次走出家门,在此之前他对我说,你是我最好的儿子,因为村里所有人的心事都在你心里装着,我不能指望你韦虎哥,我只能指望你了。我爸之所以这样信任我,是因为昨天晚上我在韦虎照片前的那一番表演打动了他。我爸还说我们去韦金多家,求他原谅我们,原谅韦虎。

我说,我们怎么样去求他?我们什么都没有。

我爸交给我一张纸条,借着天光,我看见纸条上面写着:

志愿书
我(韦金干)和我的儿子韦亮志愿帮韦金多免

费装卸石灰一年,时间是2004年大年初一至2005年大年三十,在此期间我们随叫随到,如有反悔,天打五雷劈!

　　此致

韦金干　韦亮
农历2004年大年初一

　　我爸说,韦亮,你愿不愿意。

　　我说愿意,爸,你叫我干什么我就干什么。

　　我爸说,装石灰很辛苦的。

　　我说,比去柳州强。

　　我爸牵着我的手,走在去韦金多家的路上,寒风吹在我的脸上,我的脸辣辣的,像被人在上面扇了两个耳光一样。今天是大年初一,再过一下,当烧石灰的韦金多打开家门放炮仗的时候,就会发现韦金干和他的儿子韦亮站在自己的面前。

　　这个时候,我突然觉得我的双膝跳了两下,好像里面有两颗心脏那样跳了两下,我知道我已经准备好了。我的脑子里响起一阵狼嚎般的声音,那是韦虎十年前的叫声。现在,他已经忘记了这个声音,可我依然记得,这样的声音经常在我脑海里响起,有这样的声音在,我什么都不怕。

　　我的脚步,一下子变得轻快起来。